Début d'une série de documents
en couleur

LE
DOMPTEUR

PAR

Mlle MARTHE BERTIN

TOURS
ALFRED MAME ET FILS
ÉDITEURS

OUVRAGES DE LA MÊME COLLECTION

Format in-8° — 4e série

AGNELLE, par Mlle Marguerite Levray.
ANCIENS GLACIERS (LES), par A. de Lapparent.
AU PAYS DE L'OR, par Pierre Bonnefont.
BLUETTE ET COQUELICOT, conte instructif pour les enfants, par Maurice Farr; illustration par Doriati.
BRACELET D'UNE GAULOISE (LE), par Mme Gabrielle d'Arvor.
CAPTIFS DE JUMIÈGES (LES), par Mlle Julie Lavergne.
CATASTROPHES CÉLÈBRES (LES), par H. de Chavannes de la Giraudière.
CHARITÉ (LA), par Mme Bourdon.
CIGALE OU FOURMI? par Marthe Bertin.
CLÉMENCE BRECOURT, par Henri de Beugnon.
COURAGE D'ALICE (LE). LE PAPILLON BLEU, par Mme Colette.
COUR ET LA VILLE (LA), par Mme Marie-Félicie Testas.
DEUX CARACTÈRES (LES), par Albert de Labadye.
DEUX MOIS HEUREUX, par Mme d'Ail.
DIMANCHE EN ACTION (LE), par M. Fénelon Gibon.
DOMPTEUR (LE), par Mlle Marthe Bertin.
FILS DU PALUDIER (LE), par l'abbé J. Dominique.
JEANNE, par Mlle Mary Lacroix.
JOURNAL D'UN COLON (LE), par E. Delaunay du Dézert.
LYDIE DARTEL, histoire contemporaine, par Mlle Julie Lavergne.
MILLIONNAIRE ET BALAYEUR, d'après l'allemand de Herchenbach, par l'abbé Gobat, avec l'autorisation de l'auteur.
MON ÉVASION DES PONTONS, Épisode tiré des neuf années de captivité de Louis Garneray, peintre de marine.
NORA DE CEYRIAC, par Lucie des Ages.
ODYSSÉE DE JACK (L'), par Mme Gabrielle d'Arvor, lauréat de l'académie française.
ONCLE KASPER (L'), Souvenirs d'Alsace-Lorraine, par E. Delaunay du Dézert.
PÊCHEUR CADELEC (LE), par Mme Madeleine Prabonneaud.
PETITE-JOYEUSE, par Marguerite Levray.
PETITS LAROCHE (LES), par Marthe Bertin.
PIERRE, PAUL ET JACQUES, par Jean Grange.
RÉCITS DE M. JEAN-ANTOINE, par Mme Marie-Félicie Testas.
ROSE-DE-MAI, par Stéphanie Ory.
ROSE FERMONT, ou un Cœur reconnaissant, par Mme Vattier.
SCÈNES ET RÉCITS, par Jean Grange.
SCIENCE DU BONHEUR (LA), par Mme Bourdon.
SOURIS, par L. Mussat.
UN COIN DES ALPES, par F.-A. Hoppschuan.
UN GARÇON PLEIN D'IDÉES, par Gaston Bonnefont.
UNE GERBE D'HISTOIRES, par Marie Franc.
VENGEANCE DE MADELON (LA), par Lina Dou.
VIOLETTES DE ROME (LES), par Th. Lane-Clarke.

Tours. — Imprimerie Mame.

Fin d'une série de documents
en couleur

LE DOMPTEUR

4e SÉRIE IN-8o

« Vous faites une drôle de cuisine, » dit-elle gaiement.

LE

DOMPTEUR

PAR

MARTHE BERTIN

TOURS

ALFRED MAME ET FILS, ÉDITEURS

M DCCC XCIV

LE DOMPTEUR

3 janvier.

Comment peut-on bien commencer son journal? Je n'en sais absolument rien; mais cela ne m'arrêtera pas, ma décision, quoique subitement prise, étant déjà irrévocable.

Je suis trop malheureuse, et, si je ne dégonfle pas mon cœur de temps en temps, il finira par se changer en pierre, comme c'est arrivé, — dans une légende, — à une pauvre dame qui renfermait tous ses chagrins en elle-même. Elle en est morte, du reste, et son histoire m'a donné le cauchemar.

De son temps on n'apprenait sans doute pas à écrire; autrement elle aurait eu, bien sûr, la même idée que moi; à défaut d'un autre confident elle se serait adressée à elle-même.

C'est un bon système ; je n'ennuierai personne, et je me consolerai toute seule, car il faut toujours finir par se consoler. Depuis un quart d'heure, je pleure dans mon mouchoir, et me voilà bien avancée ; mon mouchoir est trempé, mes yeux sont si rouges que je n'ose plus me montrer dans la maison, et je me sens si triste et si abandonnée, toute seule dans cette misérable chambre, que je ne sais pas ce qui serait arrivé si cette heureuse inspiration ne m'était venue : écrire mon journal !

Cette idée m'a ressuscitée tout d'un coup, et me voilà installée à ma table, ravie d'avoir trouvé une occupation.

Peut-être est-il bon, quand on veut écrire sérieusement son journal, de commencer par quelques mots sur sa personne et sur sa famille, puis sur les principaux motifs qui vous poussent à l'écrire : est-ce indispensable pourtant?

Mon journal sera pour moi toute seule, et je sais mon nom et mon âge ; quant aux « principaux motifs », je n'ai pas à craindre de les oublier.

N'importe, ma biographie n'a jamais été faite, et je ne vois pas pourquoi elle ne le serait pas, comme bien d'autres qu'on me fait apprendre par cœur, et qui ne m'intéressent pas tant que la mienne. Ce ne sera pas long d'ailleurs.

Nom et prénoms : Thérèse-Cécile-Rose de Javerny.

Age : douze ans, trois mois et vingt jours.

Résidence : la Jeannière, vieux château croulant, situé en Touraine, et appartenant à tante Julie-Clémence de Javerny.

Pauvre tante Julie, je la vois encore, le jour où papa nous a amenés ici, où nous avons été lâchés pour la première fois dans son jardin : des canetons pour une pauvre poule ! Pierre cassant, pour son début, un pot de géranium; Maurice, effaré, poussant des cris de paon dans les bras de Fridoline chaque fois qu'on l'approchait; moi, l'arrosoir en main, noyant par excès de zèle des fleurs qui n'avaient pas besoin d'être arrosées; Marie, pleurant dans un coin, parce qu'elle regrettait Paris et détestait la campagne. La pauvre poule ne savait auquel courir; elle était si nerveuse, que ses rubans tremblaient sur son bonnet et ses lunettes bleues sur son nez. Quel bouleversement dans la maison!

L'arrivée à la Jeannière est l'événement principal de ma biographie, puis le départ de notre pauvre papa pour la Cochinchine. Trois ans d'absence, c'est trop long! Et quand il reviendra, nous serons de vrais sauvages : il ne nous reconnaîtra plus.

C'est triste ces grandes séparations; et pour tant voilà Pierre qui veut être ingénieur comme papa et entreprendre aussi de grands travaux dans les pays lointains. J'espère bien qu'il changera d'avis ; je m'ennuierais tant sans Pierre !

D'abord, s'il n'était pas ici avec nous, je demanderais à papa de me mettre en pension tout de suite. Cependant Mélanie serait trop contente ! Et cela me vexerait de lui faire ce plaisir; elle est si méchante! C'est encore sa faute si j'ai tant pleuré aujourd'hui.

Elle prétendait, ce matin, que nous avions été très gâtés, et qu'il était bien temps, quand nous sommes arrivés, que tante Julie nous prenne en main.

Je crois que Léonard n'était pas de son avis; il a voulu nous défendre, mais elle a bien su lui imposer silence. Quand Mélanie parle, il n'y a pas à répliquer.

Par exemple, Léonard s'est bien rattrapé après.

Étant à moitié pétrifiée par le froid, dans ma grande chambre sans feu, je venais de descendre à la cuisine pour me griller devant la cheminée, quand Léonard est entré. Sans rien dire d'abord, il a jeté sur les chenets un fagot de petites branches bien sèches, et m'a fait une belle flambée qui m'a réchauffée en cinq minutes.

J'aime beaucoup le vieux Léonard; il a des yeux de bon caniche, avec des gros sourcils qui s'en vont dans tous les sens, et sa figure ronde fait plaisir à voir après celle... Non, laissons Mélanie dans son coin. Léonard est juste; c'est pour cela aussi que je l'aime. Il nous gronde de temps en temps, quand nous sommes par trop insupportables; mais on sent qu'il nous gronde pour notre bien, et non pas, comme Mélanie, pour le plaisir de grogner et parce que nous l'ennuyons, et cela fait une si grande différence!

Donc Léonard regardait mes pauvres mains encore toutes violettes, avec un tel air de pitié, qu'à la fin je lui dis pour le consoler :

« J'ai très chaud maintenant, Léonard, et je vous remercie. »

Là-dessus, voyant que la cuisinière commençait à tourner autour de son feu, comme si je la gênais, je me suis levée et j'ai disparu. Mais, au moment où j'allais refermer la porte derrière moi, Léonard dit quelque chose en grommelant; j'entendis le nom de Mélanie, et je m'arrêtai dans le corridor pour écouter.

Léonard était en colère, et Mélanie fut arrangée d'une belle façon.

« Gâtés! s'écria-t-il à la fin. Eh! s'imagine-t-elle que des enfants sont élevés chez leurs parents comme elle veut élever ceux-ci? Leur tante n'est pas sévère, loin de là; elle est plutôt trop faible et ne sait pas se faire obéir;

aussi est-ce Mélanie qui mène tout ici, à commencer par sa maîtresse. C'est elle qui les tient en main et non pas Mademoiselle, et elle est vraiment trop dure ! Pauvres petits, ils n'étaient pas désirés ici, et on leur fait payer la peine et le trouble qu'ils y apportent ! »

Ici la cuisinière fit tout bas une observation que Léonard répéta tout haut avec véhémence.

« Mal élevés !... Certes ils le sont, les pauvres enfants ; mais à qui la faute ? qui donc se donne la peine de les reprendre comme il le faut et d'une manière suivie ? Mademoiselle ne s'entend guère à cela, et Mélanie pas du tout. Elle ne sait que leur parler sèchement. Pour certaines choses elle les gronde perpétuellement, et pour d'autres bien plus importantes, les néglige tout à fait. Croyez-vous que ce soit un bon système ?

« C'est bien malheureux que leur père ait été forcé de s'en aller si loin ; vous rappelez-vous comme ils étaient gentils, quand il les a amenés ici, l'an passé ? »

La cuisinière resta un moment silencieuse... Gentils, nous ? Elle avait peine, je suppose, à se représenter cela.

Mais, forcée d'en convenir à la fin :

« C'est positif ! » s'écria-t-elle.

Puis, d'un ton plus convaincu encore :

« Plus ils vont, pire ils sont ! » reprit-elle.

Tant pis pour ceux qui écoutent aux portes. Je fis à travers la cloison une belle révérence à la cuisinière, et je me sauvai.

J'essayais de rire en remontant l'escalier; mais c'était de la bravade, j'avais très envie de pleurer.

Au fond, ce que la cuisinière avait dit m'était bien indifférent, je ne suis pas susceptible; c'étaient les réflexions de Léonard qui me rendaient triste, et c'était aussi... Mon cher papa, pourquoi êtes-vous parti si loin? Et surtout, ô mon Dieu! pourquoi nous avez-vous repris notre pauvre maman, qui nous aimait tant?

6 janvier.

Tante Julie a pris froid en allant dans le jardin hier, par le brouillard, pour surveiller le jardinier, qui exécutait tout de travers, paraît-il, ce qu'on lui avait expliqué la veille.

Marie dit que le jardinier ne comprend jamais rien; mais je trouve, moi, que ce n'est pas sa faute. La Jeannière est la cour du roi Pétaud. Quand ma tante donne un ordre, Mélanie en donne deux; alors les gens finissent par s'embrouiller, ils font à leur tête et ils ont bien raison.

Mais aussi personne ne s'entend, et les choses vont à l'envers. C'est une drôle de maison!

En attendant, tante Julie est malade; mais j'espère qu'elle sera bientôt guérie, quoi qu'en dise Mélanie, avec ses airs entendus.

« Du repos, » a dit le docteur; Mélanie nous l'a répété de sa voix la plus féroce.

Je connais son opinion sur nous : « des diables déchaînés qui n'écoutent personne. » Mais nous lui ferons voir que nous savons soigner les malades!

D'abord nous n'entrons jamais dans la chambre, tante Julie l'a défendu; et, quand nous passons devant sa porte, nous parlons tout bas, sans respirer, et nous marchons sur la pointe du pied; même dans le jardin nous pensons à ne pas faire de bruit, et, pour courir et crier à notre aise, nous allons tout au fond du bois. Je voudrais savoir ce que Mélanie peut réclamer de plus.

Du reste, il faut être juste, elle ne réclame rien. Nous ne la voyons même plus, et c'est une grande joie.

Comme nous déjeunons et dînons tout seuls depuis hier, nous pouvons rire et causer à table; ce n'est pas le vieux Léonard qui nous en empêcherait; il a l'air aussi content que nous de nos vacances. Marie préside la table à la place de tante Julie; Léonard la sert la première, et

Marie a beau dire, elle se redresse et fait la grande dame, c'est bien amusant à voir! Pierre est en face d'elle, à sa place ordinaire; seulement au lieu de baisser le nez dans son assiette, comme d'habitude, quand il a tante Julie

Quand nous passons devant sa porte, nous parlons tout bas.

devant les yeux, il garde tout son aplomb et fait même à chaque instant des grimaces de plaisir à son vis-à-vis.

Marie a près d'elle Maurice, qui ne comprend rien à tout cela, et moi je suis à côté de Pierre, qui me vole mon pain et le peu de dessert qu'on nous donne.

« Nous sommes si mal élevés ! » comme dit Mélanie en tournant de profil sa figure pointue.

N'importe, nous n'avons jamais été si heureux depuis notre installation à la Jeannière. Quand les chats n'y sont pas, les souris dansent.

Mélanie est enfermée toute la journée avec sa maîtresse, et c'est un bien grand vide dans la maison. Pierre le disait encore tout à l'heure en ouvrant un pot de confitures, et nous avons ri. Si Mélanie savait que Léonard nous donne des confitures au goûter !...

Cela ne pourra pas durer : tout est sous clef; la petite provision de Léonard sera vite épuisée si Pierre s'en mêle, et quant à en demander à Mélanie... Quelle histoire!... Les murs s'écrouleraient...

Moi je n'y tiens pas; je suis habituée maintenant à mon pain sec, mais le pauvre Pierre ne peut pas s'y faire.

11 janvier.

Tante Julie ne quitte pas encore sa chambre, et Mélanie ne quitte pas tante Julie, ce qui prolonge nos vacances d'une manière inespérée. Nous en jouissons d'autant mieux, qu'il n'y a rien de grave dans tout cela. Pourtant voilà une petite ombre au tableau. Par faveur spéciale, Marie a été demandée ce matin chez la malade; mais elle se serait passée aussi bien que moi des instructions qu'elle y a reçues. Tante Julie, ne pouvant s'occuper de mes leçons dans ce moment, passe à Marie une partie de ses pouvoirs.

Marie n'a pas osé refuser, mais elle est furieuse. Le plus à plaindre, d'ailleurs, c'est M. le curé. Il sera prié de me faire passer, une fois par semaine, un examen « minutieux » sur tout ce que j'aurai fait dans l'intervalle avec Marie. Ce sera une séance bien agréable! Sa patience peut à peine suffire déjà aux leçons de Pierre, et le voilà chargé du second diable! C'est Mélanie qui a trouvé cette belle combinaison, je le parierais.

Pour commencer, j'ai eu déjà une scène avec Marie. C'est du nouveau, car il n'est pas facile de la mettre en colère; elle est très douce, je dois lui rendre cette justice. Et même, en y réfléchissant bien, maintenant que je suis calme, c'est moi qui ai fait tous les frais de la scène.

C'est qu'aussi au lieu de me toucher, la douceur de Marie m'exaspère, je voudrais bien découvrir pourquoi.

Je ne savais pas mes leçons, c'est certain; lorsque Pierre ânonne les siennes à ce point-là en me les récitant, j'ai tout de suite envie de lui lancer son livre à la tête, — il est vrai que je ne suis pas un modèle de patience, — et j'ai bien de la peine à résister à la tentation. Je me fâche, je me démène, je lui crie dans l'oreille les mots qu'il oublie, mais c'est pour lui rendre service, c'est pour l'aider ; au moins il le reconnaît lui-même, et ne m'en veut pas, au contraire.

Ce matin Marie n'en a pas cherché si long :

« Tu ne sais pas un mot de ta leçon, va la rapprendre ! »

Voilà tout ce qu'elle m'a dit, après m'avoir laissé patauger sans pitié dans ma troisième Croisade.

Elle a pourtant pris la peine d'ajouter que M. le curé aurait, pour son début, un triste échantillon des moyens de son élève.

C'est là-dessus que je me suis fâchée. De colère j'ai appris ma leçon par cœur, rien que pour donner tort à Marie ; mais j'ai refusé de la lui réciter une seconde fois.

Elle n'aime pas qu'on la dérange, et quand il s'agit de complaisance... Enfin, j'en aurais trop long à dire sur ce chapitre, et d'ailleurs j'ai besoin d'y réfléchir.

En attendant, c'est mon tour d'écrire à papa aujourd'hui, et je vais lui donner des nouvelles de toute la maison.

. . . .

J'ai eu beau chercher et tout bouleverser dans mon tiroir, qui l'était déjà pas mal : impossible de trouver une feuille de papier convenable, et papa n'aime pas que je lui écrive sur des lambeaux tachés et chiffonnés ; il dit que c'est un signe de désordre. Pauvre papa, s'il voyait nos chambres ! Marie ne savait plus où elle avait laissé son buvard et ne pouvait rien me donner ; enfin Pierre a trouvé dans son pupitre une feuille à peu près nette ; j'ai coupé le haut de la première page parce qu'il y avait dans le coin un commencement de devoir pour M. le curé, et j'ai pu écrire ma lettre.

Je raconte à papa que tante Julie est malade et enfermée dans sa chambre, et je lui explique la belle combinaison de Mélanie. Par exemple, je passe sous silence ma scène avec Marie : il aurait trop de chagrin de penser que j'ai une si mauvaise tête, et que Marie...

C'est en écrivant à papa que je vois le mieux mes défauts et ceux de toute la ménagerie avec. Quand je n'ose pas lui raconter tout ce qui s'est passé entre nous, de peur de lui faire de la peine, c'est que nous avons de gros torts les uns ou les autres.

Est-ce vrai ce que dit Françoise, que « plus nous allons, pire nous sommes » ?

Pauvre père, que dira-t-il à son retour ? Ce serait si bon d'être un peu grondée par lui !

Je voudrais savoir si nous pourrions nous corriger nous-mêmes... en essayant bien. Mais j'ai peur que non.

En général, ce que nous faisons de notre propre mouvement nous attire des gronderies et des punitions, et pourtant nos intentions sont bonnes quelquefois.

14 janvier.

Mélanie a choisi le mercredi, jour des provisions, pour le fameux examen; de cette façon Françoise me conduit à ma leçon sans se déranger, et nous profitons de la petite charrette. Pierre est ravi à l'idée de conduire l'âne, moi, enchantée de faire la partie avec lui, et Françoise persuadée que Pierre nous versera dans un fossé et que nous n'arriverons jamais à Saint-Martin.

Il est convenu que la cuisinière fera ses courses pendant ma leçon, et viendra me reprendre au bout d'une heure. Soixante minutes sur la sellette!

Par bonheur je ne suis pas timide, et puis M. le curé est trop bon pour me faire peur; c'est un puits de science, et moi j'aime les savants.

D'ailleurs tous mes devoirs sont faits, et je suis sûre aujourd'hui de ma troisième Croisade.

Maintenant il faut que je retrouve mon chapeau. Impossible de me rappeler où je l'ai laissé hier : dans la buanderie peut-être, ou sous le vieux hangar.

Je vais appeler Pierre, il m'aidera à le chercher.

15 janvier.

Ah! la belle journée! Je voudrais être déjà à mercredi prochain. Je voudrais prendre ma leçon deux fois par semaine rien que pour la promenade!

Cher petit biquet, comme il trottinait bien sur la belle route gelée! Pierre chantait à tue-tête pour l'exciter, et biquet comprenait, car il avait l'air enchanté; de plaisir il remuait ses oreilles.

Moi aussi... Non, qu'est-ce que je dis là? Mais j'étais si contente, que je chantais aussi malgré moi. Les paysans riaient en nous regardant passer. Le vent froid nous entrait dans la gorge et nous piquait les yeux. Oh! nous sommes arrivés trop vite. J'en ai fait le reproche à Pierre; nous pouvions si bien faire durer la promenade plus longtemps!

A midi sonnant, nous étions à la porte de M. le curé; c'est par trop d'exactitude.

Du reste tout s'est bien passé, et je n'ai eu que de bonnes notes.

Seulement M. le curé avait un peu de peine à se reconnaître dans mes livres et mes cahiers. Il n'en a pas l'habitude comme moi, et toutes ces pages arrachées, courant au hasard l'une après l'autre, l'embrouillaient à chaque instant. Dans ma vieille géographie, la Loire coulait en Amérique et les Peaux-Rouges habitaient la Norvège. Le pauvre M. le curé s'est donné beaucoup de peine pour remettre chacun à sa place : le cours de la Loire au chapitre France, et les sauvages dans leur pays.

Mais il a perdu courage devant mes cahiers. Il y avait par trop à faire !

Il les a trouvés très malpropres, et même il m'a un peu grondée, parce qu'ils n'ont ni haut ni bas, ni commencement ni fin. Tante Julie pourtant ne s'est jamais inquiétée de cela ; elle n'est pas si méticuleuse, et pourvu que mes dictées soient sans faute, — ce qui arrive assez souvent, Dieu merci ! — peu lui importe qu'elles aient la tête en bas dans mon cahier.

J'ai voulu prouver à M. le curé que cela est, en effet, sans aucune importance; mais je n'ai pas réussi.

Chacun a ses idées, cependant M. le curé doit avoir raison. Il est là-dessus du même avis que papa.

Pierre m'a bien installée à sa place dans la petite charrette, quand Françoise est venue me reprendre ; j'étais enveloppée comme une princesse dans un grand châle que la sœur de M. le curé avait absolument voulu me prêter, me trouvant trop peu couverte. Personne n'avait pensé à cela au départ, et je ne suis plus habituée à un tel luxe de précautions.

« Nous sommes des Spartiates, dit quelquefois Pierre; c'est ainsi qu'on fait des hommes robustes...

— Ou qu'on prend des fluxions de poitrine, » répond Marie, qui est restée plus douillette que nous.

Grâce au châle de Mlle Guellec, j'étais aujourd'hui à l'abri des fluxions de poitrine, et, tout Spartiate qu'il est, Pierre lui a su gré de cette attention. Je l'ai bien vu, et je suis sûre qu'il a été tantôt plus sage que d'habitude, par reconnaissance; je le lui demanderai ce soir quand il rentrera.

« Es-tu heureux, lui ai-je dit tout bas en partant, de travailler dans cette petite chambre bien chaude ! j'aimerais bien passer le reste de ma journée ici.

— Avec moi ? s'écria Pierre; mais, à nous

deux, nous mettrions la cure sens dessus dessous, comme tes cahiers. »

Et, se tournant vers M. le curé, qui derrière ses vitres assistait à l'embarquement :

« Vous avez assez de moi tout seul, n'est-ce pas, monsieur le curé ? » cria-t-il.

M. le curé sourit; mais je ne répondrais pas qu'il n'ait fait d'abord, malgré lui, un mouvement des lèvres pour dire oui.

Le chargement de la charrette, au retour, n'était pas des plus élégants.

Françoise rapportait à la Jeannière de quoi monter trois boutiques complètes : épicerie, boucherie, boulangerie.

Dans le grand panier à viande, quelque chose comme un animal phénomène de la foire, une tête de veau, qui avait des pieds de mouton et une entrecôte de bœuf; dans l'autre panier, deux grands pains de six livres (rassis naturellement), pour nous et les domestiques, et le petit pain frais de tante Julie, que le boulanger envoie tous les jours, excepté le mercredi.

Dans un coin, derrière moi, la grande burette d'huile à brûler, qui, par parenthèse, a mis une grosse tache sur un de mes livres, tombé par là; des paquets de bougies, des boîtes de conserves, des allumettes, du bois de réglisse pour les tisanes de ma tante, de la mort aux rats pour la grange et une bouteille de cirage. Quelle cargaison !

Nous avions l'air de marchandes ambulantes; Françoise trouvait cela tout naturel ; mais le pauvre petit âne trottait moins vite qu'en venant. C'est moi qui le conduisais, et nous avons fait une entrée triomphale à la Jeannière. Tout le monde était là pour nous voir arriver, la vachère, les repasseuses, les poules, les oies et les canards.

Léonard, qui était venu aider au déballage, vit du premier coup d'œil le châle étranger ; aussitôt il s'élança pour le sauver de la bagarre avec une figure si inquiète, que je ne pus m'empêcher de rire.

Cependant comme il le pliait avec beaucoup de soin :

« C'est un châle que Mlle Guellec m'a prêté, dis-je d'un air très digne, et qu'il faudra lui rendre le plus tôt possible ; vous le donnerez demain à M. Pierre, il l'emportera. »

Léonard ne parut impressionné ni par mon grand air ni par l'ordre qu'il recevait ; il me laissa dire, puis tranquillement :

« Je vais moi-même à Saint-Martin, dit-il ; je ferai la commission de Mademoiselle. »

Et il mit le châle sur son bras d'un air déterminé.

Pendant une minute j'en voulus un peu

à Léonard; qu'oserait-il faire si j'usais d'autorité, si j'insistais pour...?

Mais, arrivée dans le vestibule, je baissai pavillon.

Si Mlle Guellec voyait le monceau de vieux manteaux et de vieux chapeaux qui s'étalent pêle-mêle sur la banquette, plus que probablement elle donnerait raison à Léonard.

23 janvier.

Maurice est enrhumé, et c'est la faute de Marie. Marie a la prétention d'être très raisonnable pour son âge; mais ce n'est pas la peine de parler avec tant d'embarras de sa sagesse et de ses seize ans, quand on fait si souvent des choses qui n'ont pas le sens commun.

J'avais bien raison de regretter l'air piquant et nos belles gelées de ces jours derniers; nous voilà retombés dans cet éternel brouillard, et c'est pire que tout.

Maurice n'aurait pas dû mettre son petit nez dehors par ce temps-là, et Marie l'a laissé jouer dans le jardin, prétendant que l'air était doux.

Léonard ne le savait pas sorti, il l'aurait certainement fait rentrer bien vite; c'est lui qui a pensé à déchausser Maurice, quand il a su, trop tard malheureusement, qu'il avait marché dans le sable humide ; ses chaussures sont en mauvais état, et ses pauvres petons étaient tout mouillés.

Léonard s'est fâché et en a parlé à Mélanie, mais elle a répondu qu'elle ne pouvait être partout à la fois, et que Mlle Marie était assez grande pour veiller sur son petit frère.

C'est vrai. Pourtant nous ne pouvons aller nous-mêmes, sans permission, acheter ce qu'il nous faut, et si personne n'a plus de temps de s'en occuper, qu'allons-nous devenir ?

C'est de plus en plus une pétaudière ici. Je voudrais bien devenir invisible et entrer dans d'autres maisons pour comparer. Mais non, on ne trouverait nulle part un autre intérieur comme le nôtre, c'est impossible.

Tout cela se passait hier pendant ma leçon ; c'est en rentrant que j'ai trouvé Maurice sur les genoux du brave Léonard, qui le séchait de son mieux dans la cuisine.

A la Jeannière, la cuisine est notre grand refuge. Autrefois, quand nous vivions avec papa, il nous était défendu d'y paraître ; mais ici tout est si différent !

C'est donc en y entrant que j'ai surpris l'altercation entre Léonard et Mélanie.

Maurice toussait à faire pitié ; quoi qu'en dise Pierre, le pauvre petit est trop délicat pour qu'on en fasse jamais un vrai Spartiate. Il aurait besoin, au contraire, d'être bien soigné ; il est encore si petit !

— Oh ! que je regrette pour lui la bonne Fridoline, qui savait si bien dorloter son « Moritzchen », comme elle l'appelait ! Je ne puis m'empêcher d'en vouloir un peu à tante Julie de l'avoir fait partir, et je sais bien d'ailleurs que papa en a été très mécontent. Mais comme toujours notre tante n'y était pour rien, c'est Mélanie qui a exigé le départ de notre pauvre Fridoline.

Elle ne voulait partager son autorité avec personne, et Fridoline prétendait naturellement nous diriger à sa guise ; aussi a-t-elle dû s'en aller.

On apprend beaucoup de choses à la cuisine. Je n'aurais jamais bien compris les querelles de Mélanie et de Fridoline, si je n'avais entendu les raisonnements de Léonard et de Françoise.

Du reste, je n'avais jamais tant réfléchi à toutes sortes de choses avant mon arrivée à la Jeannière. Si c'est là ce qu'on appelle l'expérience, je finirai par en gagner beaucoup.

J'étais très gaie en revenant de ma leçon ; la charrette étant moins chargée que mercredi dernier, j'avais fait trotter biquet tout le long du chemin. Nous avions même failli verser en passant sur une grosse pierre (il faut que j'apprenne à les éviter), le cahot avait renversé un panier et éparpillé sous nos pieds toutes sortes de petits paquets ; Françoise jetait les hauts cris. Je m'étais bien amusée ; mais, dès l'arrivée, quel changement !... Je n'ai pas souvent des idées noires, ce n'est pas dans mon caractère ; mais si papa me voyait aujourd'hui, il ne m'appellerait plus son petit « Roger-Bontemps ».

C'est qu'aussi les choses vont si mal, qu'avec la meilleure volonté du monde je ne puis leur trouver un bon côté.

Maurice tousse beaucoup, c'est cela qui me rend triste. Le pauvre petit n'était pas assez couvert ; j'ai cherché dans le fouillis de sa commode pour lui découvrir une robe chaude, mais je n'ai trouvé que ses petits jupons de l'été dernier. Je ne savais que faire. Marie était chez « nos aimables voisins du Petit-Gué », comme dit tante Julie, pour y faire de la musique ; miss Harley est venue la chercher pompeusement en voiture. Dans cette famille-là ils sont si musiciens, qu'ils jouent tous à la fois sur deux ou trois pianos. Je serais curieuse de les entendre derrière la porte.

Mais ce n'est pas à la musique que je pensais à ce moment-là ; j'étais furieuse contre Marie.

Si elle était ici, elle trouverait peut-être

quelque chose pour faire un jupon chaud à Maurice !

Plus je me répétais cela, plus je me sentais fâchée ; mais cela n'avançait à rien ; aussi, faute de mieux, ai-je fini par lui donner le mien. A grands points j'ai bâti un pli en bas pour le raccourcir, et maintenant Maurice a chaud, et je suis moins en colère.

Mais ce n'est pas tout : j'avais mis dans ma tête de lui faire de la tisane moi-même, et sans déranger personne ; la chambre des gaçons a du feu depuis hier, et Léonard l'entretient de si bon cœur, qu'il semble vouloir rattraper tout le temps perdu depuis le commencement de l'hiver. Je pensais qu'il me serait facile de faire là ma cuisine, et cela m'amusait d'avance ; mais le guignon s'est acharné contre moi toute la journée. J'étais entrée à l'office à pas de loup pour prendre tout ce qu'il me fallait, du lait, du sucre, de l'orge perlé, une tasse et une soucoupe ; je rangeais mes provisions sur un plateau, quand tout à coup, patatras ! Voilà la soucoupe en miettes sur le carreau.

Aussitôt Françoise accourt, effarée, comme si tout était perdu.

Quoique très vexée intérieurement, je reste calme :

« Ce n'est rien, Françoise ; une soucoupe cassée, voilà tout ! »

Voilà tout! comme si ce n'était pas assez pour me faire gronder jusqu'à demain.

Puis j'emporte mon plateau, me disant que Maurice pouvait bien se passer de soucoupe.

Pendant que Françoise ramassait les débris en prononçant sur chacun une petite oraison funèbre, je me faufile à la cuisine; je décroche au passage une petite casserole, et je me sauve.

Nous voilà bien confortablement installés, Maurice et moi, de chaque côté de la cheminée, moi soutenant la casserole établie sur un petit brasier et Maurice m'admirant.

Tout va d'abord à merveille; mais comme je levais la tête, cherchant des yeux la cuiller sur la cheminée, un charbon se détache d'une des bûches et vient s'éteindre, avec un sifflement terrible, au beau milieu de mon orge perlé.

Sans réfléchir, je plonge mes doigts dans la tisane, je me brûle, je sursaute... Nouveau patatras! La casserole roule sur le côté, le feu est à moitié éteint, et la vieille carpette inondée d'eau et semée d'orge perlé.

Je me précipite sur une éponge; puis, à quatre pattes sur le tapis, je pompe l'eau, je pousse les petits grains d'orge, je frotte, je sèche de mon mieux. Tout est sauvé!

Mais non. Maurice jette tout à coup un cri d'alarme:

« Thérèse! »

Je me retourne. Mélanie entrait.

Quelle scène! Mélanie criait, Maurice pleurait: une vraie tempête, le tonnerre, la pluie, des éclairs dans tous les yeux.

Je fus grondée pour avoir fait de la tisane moi-même au lieu d'en demander à Mélanie, pour avoir renversé la casserole, pour avoir saisi l'éponge de Pierre, pour tous mes défauts en général et ma maladresse en particulier, pour les dégâts que je commets sans cesse dans la maison, avec un petit chapitre sur la soucoupe cassée, et pour le tracas perpétuel que je donne à ma tante, *et surtout*, je pense, à Mélanie.

Quand ce fut fini, elle emporta le tapis mouillé.

Je n'avais pas soufflé mot. Les petits grains d'orge cuisaient sur la cendre; je les regardais machinalement et je me disais en moi-même:

Maintenant mon pauvre Maurice n'a plus de tisane!

Heureusement Léonard arriva à la rescousse. L'ouragan ayant soufflé jusqu'à l'office, il savait déjà la catastrophe; il refit un bon feu, mit chauffer du lait dans la casserole et me recommanda bien de n'y pas toucher; ce n'était pas très flatteur, mais je ne lui en veux pas.

Puis, tout en lavant et pressant de toutes ses forces l'éponge de Pierre dans une terrine qu'il avait apportée, il me donna à entendre qu'une éponge de toilette n'est pas faite pour essuyer les tapis, et me répéta après Mélanie, mais plus doucement, que j'avais eu tort de vouloir pré-

Le pauvre Léonard en resta abasourdi, son éponge en l'air.

parer la tisane moi-même au lieu d'en demander à la cuisine.

« C'était si simple! dit-il; on ne pouvait certes pas vous en refuser. »

Depuis un instant ma gorge se serrait; mes yeux devenaient brûlants, et j'essayais de ne pas pleurer, de ne pas crier; mais sur ces derniers mots j'éclatai. Ce fut comme un torrent

2*

de larmes et de plaintes ; le pauvre Léonard en resta abasourdi, immobile, son éponge en l'air.

« Qui sait si on ne m'en aurait pas refusé?... Qui sait si Mélanie ne m'aurait pas reproché encore la peine que nous donnons ici? Elle s'inquiète bien de nous ! Je ne veux jamais rien lui demander, au contraire..., quand même nous manquerions de tout ! Mais je me plaindrai, à la fin, à *notre* pauvre papa, qui nous croit bien soignés et qui ne se doute pas combien nous sommes malheureux ! Je me plaindrai à ma tante d'Aubenel, à tante Julie même ! »

Léonard s'était redressé, tout inquiet, me croyant prête sans doute à courir chez tante Julie ; il essaya de me consoler, disant que j'exagérais (il sait bien que non pourtant), que Mélanie était un peu énervée dans ce moment par ses fatigues de garde-malade, mais qu'elle se calmerait peu à peu et que tout s'arrangerait. Moi, dans mon exaspération, je ne voulais rien écouter.

« S'arranger ! Comment? Quand tante Julie sera guérie? Mais puisqu'elle ne va pas mieux, elle sera malade encore bien longtemps sans doute. »

Léonard secoua la tête :

« J'en ai peur ! » murmura-t-il.

Il avait l'air si triste, qu'il me fit peur aussi; mes larmes s'arrêtèrent :

« Léonard, vous ne voulez pas dire..., vous ne croyez pas que ma tante ne sera jamais guérie ! Qu'a-t-elle ? Le savez-vous? »

Il se détourna, l'air gêné, cherchant une réponse :

« Non, dit-il enfin; mais je sais que Mademoiselle sera malade longtemps encore, et alors, forcément, les choses devront s'arranger autrement. Il faudra bien prendre un parti. »

Je ne comprenais pas, et j'aurais voulu questionner encore Léonard; mais je vis que je n'en tirerais plus rien.

« Le lait est chaud, » dit-il brusquement, après un instant de silence.

Il le versa lui-même dans la tasse, fit en passant une caresse à Maurice, et sortit sans me regarder.

Je me sentais de plus en plus triste. Prenant Maurice sur mes genoux, je lui fis boire son lait; puis il s'installa confortablement, la tête sur mon épaule. Alors je le berçai devant le feu, comme un petit bébé, et il finit par s'endormir sans tousser une seule fois.

29 janvier.

« Thérèse !... »

Il faisait à peine jour ce matin, et je dormais encore quand on frappa à ma porte, m'éveillant en sursaut.

Pierre m'appelait discrètement.

« Thérèse ! as-tu vu ? »

Quand Pierre veut parler à demi-voix, il prend un son lugubre, comme s'il venait annoncer une catastrophe.

Je me redressai tout effarée :

« Non ! Je dors... Je dormais. Quoi ?

— Il neige ; il a neigé toute la nuit.

— Oh ! tu m'avais fait peur. Eh bien ?

— Eh bien, lève-toi vite. Il y en a plus d'un mètre par terre ; nous allons tracer des petits chemins ; dépêche-toi, je vais commencer. »

Je me frottai les yeux pour m'éveiller tout à fait ; mes idées n'étant pas encore très nettes, et je voyais déjà tout le monde en détresse.

« Un mètre ! mais nous allons être ensevelis ! Et le pauvre facteur a dû se perdre ; et comment nous apportera-t-on les provisions ? »

Je courus à la fenêtre.

On ne ferme jamais mes volets, et je ne tire

jamais mes rideaux pour la meilleure des raisons, je n'en ai pas. Je puis donc admirer, à toute heure du jour ou de la nuit, le soleil, la lune, les étoiles et tout ce qui se passe entre le ciel et nous.

Ce matin, on ne distinguait pas grand'chose: un ciel très noir, une terre très blanche, et, dans l'intervalle, des milliards de petites mouches folles qui tourbillonnaient à donner le vertige.

C'est vrai, il neige. Mais, ce Pierre!... quelle exagération! J'aurais dû m'en douter; il y en a dix centimètres à peine, et c'est bien assez!

C'était même trop; je m'habillai bien vite pour me réchauffer et aller rejoindre Pierre.

En passant, je jetai un coup d'œil dans la chambre des garçons pour voir ce que devenait Maurice. Depuis que Mélanie est garde-malade, c'est Françoise qui fait la toilette du pauvre petit; Marie n'a pas le temps de s'occuper de lui le matin; d'abord elle se lève tard, et puis il faut qu'elle étudie son piano jusqu'au déjeuner. Françoise n'était pas là; Maurice dormait encore, et je me sauvai sur la pointe du pied.

Pierre m'attendait dans le jardin; n'osant crier, il me fit des signes d'impatience à travers la porte vitrée, puis il se remit à l'ouvrage sans perdre une seconde.

Il s'était emparé du waterproof à capuchon de tante Julie, sur lequel je comptais justement, et je fus obligée de me contenter d'une vieille pèlerine que je découvris sous le fouillis des manteaux.

Sur la seconde façade, de l'autre côté de la tourelle (nous sommes très fiers de notre tourelle, tante Julie l'a fait restaurer l'an dernier); sur la seconde façade donc, l'appartement de tante Julie était fermé, nous avions le champ libre.

Pierre avait déjà beaucoup travaillé, et il ne fut pas fâché de me voir arriver à son aide.

« Je n'ai pas d'outils pour toi, me dit-il; cherche vite quelque chose. »

Quelque chose! c'est facile à dire; mais que me restait-il? Un vieux rateau et une pioche! Il avait pris la pelle du jardinier et un gros balai de bruyère.

Pourtant Pierre n'est jamais longtemps dans l'embarras; il eut bientôt une idée:

« Le petit balai du foyer et la pelle du salon, dit-il rapidement, ce sera léger et facile à manier... Juste ton affaire! »

Après une heure de travail nous avions frayé un sentier depuis la maison jusqu'à la ferme, avec un embranchement sur l'écurie de Biquet et le poulailler,

« Là ! dit Pierre fièrement, voilà les communications rétablies. »

Et il se retourna pour admirer notre œuvre; mais aussitôt il jeta un cri qui n'avait plus rien de triomphant :

« Oh ! Thérèse, regarde ! »

Du côté de la maison il n'y avait déjà plus trace de chemin.

« Il neige trop fort, reprit Pierre avec désespoir; oh ! tant d'ouvrage perdu ! »

J'éclatai de rire; il était trop drôle sous son capuchon couvert de neige, avec son nez rouge de froid et cet air navré !

Pierre tourne volontiers les choses au tragique, même en jouant, et c'est toujours moi qui suis forcée de reprendre courage pour nous deux, et de lui relever le moral dans tous les accidents et contretemps.

Après tout, le mal n'était pas bien grand; à quoi bon se dépiter pour si peu !

« Tant pis pour nous ! m'écriai-je, nous sommes par trop simples, car c'était bien à prévoir. »

Je riais toujours, mais Pierre est susceptible. Quand il a fait une bévue, il déteste qu'on la lui montre, et il ne sait pas avouer ses torts, même les plus petits.

Je connais son caractère, et, voyant qu'il prenait son air fâché, je cherchai vite le moyen d'éviter une querelle. Pauvre Pierre ! il est encore plus emporté que moi.

Pendant que je le regardais, une idée lumineuse me vint. Dans les grandes occasions il en vient toujours.

« Oh ! Pierre, criai-je, tu as l'air d'un Lapon ; veux-tu jouer au pôle Nord ? Nous ferons une maison de neige pour nous mettre à l'abri, nous pêcherons des phoques dans la pièce d'eau, et Biquet...

— Biquet sera notre renne, s'écria Pierre, oubliant sa mauvaise humeur ; nous l'attellerons à un traîneau, et nous ferons de grandes chasses. Sais-tu, il faut nous fabriquer des raquettes pour ne pas enfoncer dans la neige. »

J'avais si froid aux pieds, que je n'étais pas fâchée d'essayer de ce système.

« Commençons par les raquettes, » dis-je avec enthousiasme.

Pierre entreprit un voyage de découvertes sous le hangar, et, avec des couvercles de petites caisses et des ficelles, il organisa assez facilement deux paires de raquettes.

Il fut prêt le premier.

« Vois-tu, fit-il en se levant assez maladroitement, je dois le dire, c'est comme une planche qu'on jetterait sur la neige, pour passer ; seulement on l'emporte partout avec soi, ce qui est bien plus pratique. »

Il essaya alors de faire quelques pas.

« Très commode! cria-t-il, et très... »

Le waterproof s'étala tout à coup sur la neige, et les deux raquettes s'agitèrent dans le vide.

« Très confortable, » ajouta Pierre, le nez dans la neige, et riant comme un fou.

Il eut de la peine à se relever, et je riais trop moi-même pour venir à son secours; mais, dès qu'il se fut remis debout :

« C'est une habitude à prendre, reprit-il tranquillement; ma raquette gauche a glissé sous la droite; il faut faire attention à cela. »

Et, comme je me levais pour m'exercer aussi :

« Donne-moi la main, dit Pierre, et maintenant fais de grandes enjambées. »

Je ne puis dire, comme Pierre, que je trouvais cela commode et confortable; les ficelles glissaient à tout instant, et alors il fallait tout recommencer. Pourtant, au bout d'un quart d'heure, nous ne tombions plus, et cela devint amusant.

« Nous voilà solides sur nos pieds, dit Pierre avec satisfaction; commençons la hutte; il faut choisir un bon emplacement. »

Un bon emplacement voulait dire un coin éloigné où le regard de Mélanie ne pourrait nous découvrir, même en grimpant sur la tourelle, comme Mme Malbrough.

Pierre étendit le bras vers l'entrée du bois :

« Là-bas, dit-il ; emportons nos outils. »

Mon balai de foyer ne pouvait plus nous être d'un grand secours ; il avait déjà mauvaise mine, et, d'un rouge éclatant, le crin avait passé au grenat, un grenat foncé qui m'inspira des inquiétudes. Je le montrai à Pierre :

« Crois-tu que sa couleur reviendra ?

— Mais oui, dit-il avec assurance, dès qu'il sera sec ; tu verras. »

Et, riant de mon air consterné :

« D'ailleurs, reprit-il, il est très joli comme cela ; tel qu'il est, il rendrait des points au panache du vieux chapeau grenat de tante Julie. »

Là-dessus il prit sa pelle et son balai, et nous voilà partis, clopin-clopant, traînant nos planchettes à nos pieds.

Il neigeait toujours, mais nous en étions quittes pour nous secouer de temps en temps. Pierre amassait la neige en tas avec sa pelle, et moi je la pétrissais en gros carrés, comme des pierres, pour faire nos murs.

Nous étions de nouveau si occupés, que nous ne pensions plus à rien ni à personne. Notre hutte s'élevait très vite, et nous discutions déjà le moyen de la couvrir quand, à notre grande surprise, la cloche sonna le déjeuner.

Pierre laissa tomber sa pelle :

« Oh ! fit-il ébahi, déjà ? Françoise se

trompe. Je ne me doutais pas qu'il fût si tard.

— Moi non plus !

— Et j'avais des devoirs à faire.

— Moi aussi; rentrons vite ! »

Mais, pour rentrer vite, les raquettes n'étaient pas très pratiques, quoi qu'en dise Pierre; il fallut les détacher; les ficelles se mêlèrent, et cela nous prit du temps, si bien que dans ma précipitation j'oubliai le balai et la pelle du salon sous la neige.

Par un heureux hasard il n'y avait personne dans le vestibule, et le déjeuner n'était pas encore servi.

Du salon venait un bruit de marée montante. Marie travaille dans ce moment la basse d'un grand morceau qui représente l'Océan. Elle était en pleine tempête, et montait des gammes terribles. Cela pourrait bien finir un de ces jours par un naufrage, le pauvre vieux piano n'y résistera pas.

Cela ne m'inquiète guère du reste. L'important, c'est que Marie, submergée dans ses vagues toute la matinée, avait oublié de s'informer de moi.

Pour la première fois depuis que tante Julie est malade, le déjeuner fut silencieux. Marie semblait de très mauvaise humeur. La neige lui porte sur les nerfs. En été, ce sont les grandes chaleurs; en automne, c'est la pluie.

Je la plains certainement d'avoir les nerfs si sensibles, mais je ne me rends pas très bien compte de toutes ces impressions-là. D'abord, moi je n'ai jamais trop chaud. Quand j'ai froid, je cours pour me réchauffer, et quand il pleut, je fais comme la bergère, je laisse pleuvoir. C'est bien simple, et pourquoi tant de grimaces? Ce n'est qu'à la fin du déjeuner que Marie me demanda si mes devoirs étaient faits; il fallut bien dire non, mais je promis de les faire dans la journée, et elle emmena Maurice sans réclamer autre chose.

Maurice ne tousse plus, mais on le garde encore au coin du feu, et nous ne lui avons pas parlé de la hutte pour ne pas lui donner de regrets.

Depuis un instant Pierre me faisait des signes; nous avions une heure de récréation, c'était plus de temps qu'il n'en fallait pour couvrir notre hutte.

« J'ai ma toiture, dit Pierre dès que nous fûmes seuls; deux bâtons mis en croix, et par-dessus la vieille bâche qui est dans la serre; en cinq minutes la neige aura tout couvert. »

C'était bien tentant; par malheur j'avais fait une promesse, il fallait la tenir. Je n'estime pas les gens qui n'ont pas de parole. Déjà nous nous étions mis en retard, et nous avions à rattraper le temps perdu.

Pierre se laissa convaincre, et je l'emmenai tout de suite dans sa chambre; cela valait bien mieux. Les devoirs d'abord pour avoir, après, tout le reste de la journée à nous.

Moi j'ai fini depuis longtemps, mais j'ai promis à Pierre de l'attendre; il doit venir me chercher dès qu'il sera prêt.

28 janvier.

Quelle aventure!... Je ne sais plus où j'en suis, et je me sens encore bouleversée comme si le choc avait mis ma cervelle à l'envers dans ma pauvre tête! Pourtant ma blessure va mieux, mais...

Non, décidément, je ne peux pas écrire; mes tempes se mettent à battre, mes oreilles bourdonnent, et cela me donne mal à la tête. Demain j'espère aller mieux.

29 janvier.

Pauvre hutte! Nous en avons bien peu joui. Je ne l'ai plus revue, et Pierre m'a annoncé tristement, ce matin, qu'il n'en restait plus rien, que les pierres de la cheminée et le malencontreux morceau de gouttière. Le temps est très doux depuis trois jours, et notre neige a fondu.

Quel malheur que tout ait si mal fini! Nous nous serions tant amusés!

Mais où en suis-je restée de cette fameuse journée?... Ah! oui... J'attendais Pierre; il faut reprendre les choses du commencement.

La vieille bûche faisait merveille. En nous serrant un peu et en baissant la tête, nous tenions tous deux dans la hutte, et, la neige n'entrant plus, nous y étions bien à l'abri.

« Nous voilà logés comme des princes, dit Pierre au bout d'un instant; la neige peut tomber comme cela toute la journée si bon lui semble. Es-tu bien, Thérèse?

— Très bien, seulement je commence à avoir froid aux pieds, mes chaussures sont trempées.

— Tu as froid? Pourquoi ne le disais-tu pas? Je vais t'allumer du feu. Au fait, il nous manque une cheminée, tu vas voir! »

Pierre est déjà à moitié ingénieur; moi je ne suis que son manœuvre, et je lui obéis toujours, parce que ses travaux m'amusent. Il me fit transporter des pierres, du bois, de la terre pour boucher les trous, de l'eau pour délayer la terre... Quel courage! Et finalement, quand il réussit à allumer son feu, quel résultat! La hutte était enfumée à n'y plus tenir.

Je luttai pendant un moment pour faire plaisir à Pierre; mais enfin, hors de moi, frottant mes yeux des deux mains :

« Je m'en vais, criai-je brusquement. Je suis presque aveugle.

— Mais, fit Pierre tout désappointé, c'est comme cela dans les vraies huttes d'Esquimaux, tu sais?

— C'est possible, mais je m'en vais tout de même.

— Non, non, attends! Une idée... je perfectionne... En mettant un tuyau, cela ne fumera plus. »

Je m'arrêtai :

« Un tuyau, tu crois?... »

Pierre voulait faire le brave; mais il se mit à tousser, à moitié suffoqué, et dut sortir aussi.

« Oui, dit-il enfin, reprenant son souffle, un vieux bout de gouttière que j'ai mis de côté, dans le temps; tu verras. Un trou rond dans un de nos murs, un trou rond dans la maçonnerie de notre cheminée, une grosse pierre à droite, une grosse pierre à gauche, pour la maintenir solidement, et c'est parfait; la gouttière tient bien, trop bien, et nous pouvons rester maintenant dans notre maison. »

Du dehors c'était très gentil de voir la fumée sortir par le petit tuyau; mais il y avait plus de fumée, justement, que de feu, et mes chaussures ne séchaient pas. Tout n'est pas rose dans le métier de Lapon!

Pierre, qui soufflait sur le bois de toutes ses forces, se retourna tout à coup en m'entendant éternuer.

« Tu t'enrhumes? s'écria-t-il.

— J'en ai peur; c'est un peu froid notre Laponie, et malgré mes raquettes...

— Les raquettes, c'est très bien, murmura Pierre, qui réfléchissait; mais... »

Je me mis à rire.

« Mais les Lapons ont avec cela de grandes bottes qui valent mieux que nos souliers et... »

Pierre ne m'écoutait plus; il s'était redressé, et, très excité :

« Des bottes!... criait-il, des bottes!... Euréka! Superbe! et bien plus exact comme costume; attends-moi cinq minutes. »

Et il partit comme un fou.

Je l'attendis assez longtemps, et je me demandais déjà s'il avait été happé au passage par Mélanie et si je n'allais pas être rappelée à mon tour, quand il reparut enfin chargé de deux paires de bottes, qu'il agitait triomphalement à bout de bras.

« Hein? cria-t-il, est-ce une trouvaille? »

Malgré moi je me reculai un peu; je ne suis pas difficile, mais qui sait ce qu'on peut trouver dans ces vieilleries? des araignées peut-être, ou des cancrelas.

« Qu'est-ce que c'est? Où as-tu pris cela?

Nous faisons un piteux cortège.

— Dans le grenier. Ce sont de vieilles bottes à grand-père; je les connaissais, et j'étais bien sûr qu'un jour ou l'autre elles trouveraient leur emploi. »

Pierre, qui n'a peur ni des araignées ni des cancrelas, plongea ses mains dans les bottes pour me rassurer, les secoua, les frotta du coin de son manteau, — le cuir était tout moisi, — et m'engagea enfin à en accepter une paire.

Sur l'assurance que c'était très bien porté en Laponie, même par les femmes les plus élégantes, ajouta Pierre pour me décider tout à fait, j'ôtai mes chaussures mouillées et j'enfilai mes grosses bottes.

Pierre en faisait autant de son côté; par là-dessus il attacha ses raquettes, puis m'aida à ficeler les miennes.

« Maintenant, cria-t-il, défense d'éternuer! Allons chercher notre renne. Après la chasse nous viendrons goûter dans notre hutte. »

Biquet ne montra aucun empressement à visiter la Laponie; il fit des difficultés pour sortir de son écurie, pour approcher ensuite de la maison de neige, et devint insupportable à la fin, quand il fut question de l'atteler à notre traîneau, une caisse en bois blanc très commode que Léonard nous a donnée, et qui nous sert tous les jours de voiture, d'armoire, de chaise à porteurs, suivant les circonstances.

Enfin, après bien des péripéties, voilà Biquet attelé au traîneau, et nous grimpons dans la caisse. Debout, le fouet en main, Pierre crie : « En route! » et Biquet, qui commence à entendre raison, tire de toutes ses forces.

Mais nous n'avançons pas très vite; la caisse enfonce dans la neige molle, et Pierre est obligé de descendre à chaque instant pour déblayer la route avec sa pelle. Cependant, à force de tourner régulièrement autour de la hutte, nous avons tracé un chemin, un cercle, et le traîneau glisse mieux; mais Pierre n'est pas encore satisfait.

« C'est trop lourd ! » dit-il.

Et, quittant ses raquettes pour mieux courir, il saute hors de la caisse, et le voilà trottant du même pas que Biquet, le poussant, le tirant, tant et si bien que bientôt la caisse file comme un vrai traîneau.

« Bravo, Pierre! bravo, Biquet! Hop! hop! Encore un tour! C'est le dernier! »

Un choc violent, une douleur très aiguë à mon front, puis plus rien qu'une espèce de brouillard devant mes yeux.

J'ai entendu pourtant un cri de Pierre, et peu à peu je commence à me rendre compte des choses. Je suis étendue à terre, et voilà Pierre qui essaye de me relever; mais impossible! Je suis tout étourdie, et puis ma tête me fait bien mal; Pierre tamponne mon front avec son mouchoir, et son mouchoir est plein de sang.

Je vois bien cela à travers mon brouillard, mais je ne peux d'abord ni bouger ni parler. Enfin, soutenant mon front dans ma main, je me soulève en m'appuyant sur Pierre, et je murmure d'un air hébété :

« Je suis tombée? »

Pierre pousse un gros soupir; il me croyait sans doute à moitié morte, car il me regarde d'un air effaré, puis il paraît très content de me voir ressusciter si vite.

« Tu vas mieux?... Oh! que j'ai eu peur! » Je crois bien : il était vert et ses dents claquaient.

« Il faut rentrer, ma pauvre Thérèse; pourras-tu marcher?

— J'essayerai. »

Me voilà debout, mais je ne suis pas fière, et nous faisons un piteux cortège, Pierre me tenant la tête dans son mouchoir et m'appuyant contre lui, moi traînant mes bottes trop grandes, et les pieds embarrassés dans mes raquettes à moitié détachées; puis, fermant la marche, Biquet toujours attelé à la caisse et qui nous suit tristement, comme un bon chien suit le convoi de son maître.

Quel tableau! J'en ai ri souvent depuis avec Pierre; mais, à ce moment-là, nous n'avions envie de rire ni l'un ni l'autre.

Léonard fut le premier à jouir de cet attendrissant spectacle.

Il allait se mettre, paraît-il, à notre recherche, lorsqu'en ouvrant la porte, il se trouva face à face avec nous.

Pierre soutint qu'au premier abord Léonard ne nous reconnut pas, et je suis tentée de le croire.

Le fait est qu'il nous regarda un instant des pieds à la tête, ahuri devant mes bottes, horrifié devant ma blessure, et sans paraître bien comprendre.

Puis, tout à coup :

« Monsieur Pierre ! cria-t-il, qu'est-ce que...? »

Mais il n'acheva même pas sa question, et, tendant aussitôt les bras, il m'enleva comme un paquet et m'emporta dans le vestibule.

Là, pour compléter la scène, Mélanie fit son entrée.

« Allons, bon ! »

Ce fut son premier cri ; au contraire de Léonard, en une seconde elle avait compris la situation, et se précipitant sur nous :

« D'où venez-vous? Comment est-ce arrivé? »

Elle repoussait Léonard pour examiner ma tête.

« Ils finiront par se tuer, reprit-elle, s'agitant de plus en plus ; donnez-moi de l'eau, Léonard. C'est miracle qu'ils ne se soient encore rien cassé !... et un vieux mouchoir, dans la lingerie. Je n'ai jamais vu des enfants pareils, jamais ! On peut chercher, je défie qu'on en trouve ! »

Puis reprenant sa question restée sans réponse :

« Comment est-ce arrivé? »

Comment? Je n'en savais trop rien; mais Pierre l'expliqua d'une voix tremblante. Le traîneau ayant heurté contre un arbre, le choc m'avait rejetée de l'autre côté, sur la hutte, et c'était le tuyau de notre cheminée qui m'avait fait cette belle coupure.

La suite à demain; je suis fatiguée.

30 janvier.

Je dois rendre à Mélanie cette justice, qu'elle me soigna bien. Avec une douceur qui m'étonna, étant donné surtout son état d'exaspération, elle lava ma joue couverte de sang, puis elle pansa ma plaie et la banda de son mieux.

« Ce ne sera rien, » dit-elle avec autorité.

Cependant elle me conseilla de monter dans ma chambre, et de me reposer en attendant le docteur, qui devait justement venir ce jour-là pour tante Julie.

Alors commença le second acte du drame.

Comme j'étais assise sur la banquette et enveloppée de ma grande pèlerine, Mélanie n'avait pas tout vu. Mais au premier mouvement que je fis pour marcher, mon attirail de planches et de ficelles se montra au grand jour.

« Qu'est-ce que c'est encore? » fit Mélanie brusquement.

Et elle se baissa pour mieux voir.

« Des bottes! »

Je retombai sur la banquette.

Ayant déclaré que ma blessure n'était pas grave, Mélanie n'avait aucune raison de me ménager, et notre heure était venue.

« Des bottes! » répéta-t-elle confondue.

Puis se tournant vers Pierre, qui se dissimulait de son mieux :

« Deux paires! Où les avez-vous prises?

— Dans le grenier. »

La voix de Pierre tremblait de plus en plus. Mélanie gardait maintenant un sang-froid terrible.

« Otez cela! »

C'était comme un cauchemar. Voyant Pierre obéir, j'obéis aussi; de ma vie je ne m'étais sentie si parfaitement misérable; nous avions l'air de ces pauvres condamnés d'autrefois, pieds nus, la corde au cou. Mélanie nous examinait sans pitié l'un après l'autre.

« De mieux en mieux, dit-elle d'une voix mordante; et où sont vos chaussures? »

Au même instant, comme si un mauvais génie l'avait évoqué, le jardinier apparut, et je fermai les yeux.

D'une main il tenait, suspendus par les lacets,

nos souliers couverts de boue et de neige, et de l'autre..., j'aurais voulu entrer sous terre! de l'autre, la pelle du salon et le balai du foyer, de grenat devenu brun, le crin mouillé et tordu, le manche cassé.

Mélanie ouvrit la bouche, comme si la respiration lui manquait.

« Je suis bien fâché, murmura le jardinier en lui tendant les malheureux débris; j'ai marché dessus sans le voir, naturellement; il était sous la neige avec cela. » Et il montrait la pelle.

Mélanie ne dit qu'un mot :

« Montez! »

Mais nous savions ce que cela voulait dire : prison pour le reste de la journée, et pain sec pou. le dîner.

Pierre fut en haut en un clin d'œil; moi, ne pouvant me remuer si vite, car ma tête me faisait mal, je le suivis de loin, montant marche à marche, lentement, Mélanie sur mes talons.

Arrivée sur le palier, elle me poussa dans la chambre de Marie, et, appelant Pierre, le fit entrer aussi.

Marie était à son chevalet, calme, reposée, souriante; elle étudiait des effets de neige. Nous lui en apportions un nouveau et tout à fait inattendu. En me voyant elle poussa un cri :

« Thérèse, dit-elle très effrayée, qu'est-il arrivé? Tu t'es fait mal? »

Mais la terrible Mélanie ne lui laissa pas le temps de s'apitoyer sur moi.

Son beau sang-froid était resté au bas de l'escalier; à peine entrée, elle s'emporta comme elle ne s'était jamais emportée devant nous, et, dès les premiers mots, je crus qu'elle allait étrangler de colère; sa voix, tout à l'heure si calme, tremblait tellement, qu'elle pouvait à peine parler.

C'est Marie qui essuya le premier feu; d'un geste furieux Mélanie montra le chevalet :

« Mademoiselle Marie, au lieu de passer tout votre temps à pianoter et à barbouiller des cartons, vous feriez mieux de surveiller un peu ces deux personnages! »

Second geste furieux, dirigé cette fois sur les personnages en question.

Marie n'était plus ni calme ni souriante. L'insolence de Mélanie la fit pâlir, mais elle n'osa répliquer que par cette question timidement posée :

« Qu'ont-ils donc fait? »

Pierre se faufila dans l'embrasure de la fenêtre, et de là, prenant une pose indifférente, se mit à contempler le paysage. Moi, sans y être invitée, je m'étais assise près du feu; je souffrais de ma tête, j'étais glacée et je me sentais encore une fois tout étourdie et très mal à l'aise.

« Ce qu'ils ont fait?... criait Mélanie, il est bien temps de s'en inquiéter! Ils ont passé leur journée dans la neige à faire des sottises, des inventions à se tuer, et voilà votre sœur à moitié estropiée! Demandez-leur où ils ont laissé leurs chaussures, dans quelle tenue ils sont rentrés, et en quel état ils ont mis les manteaux de Mademoiselle!

« Demandez-leur ce qu'ils ont osé prendre dans le salon, pour le perdre sous la neige! »

Ici Mélanie se tut un instant, pour laisser à Marie le temps de nous interroger; mais, les questions ne venant pas, elle reprit bientôt :

« Et la maison?... dans quel état est-elle aussi? De la neige partout, du vestibule au grenier! Tout cassé, tout sali, tout perdu! Si on les laisse faire, ils emporteront bientôt les meubles du salon dans le bois, ils mettront la Jeannière au pillage! ».

A cette idée, exagérée du reste, Mélanie eut un redoublement de colère.

« Mais j'y mettrai bon ordre, fit-elle d'un ton menaçant; il est temps que tout cela finisse! Moi je ne puis être partout à la fois, et si vous ne voulez pas vous occuper de ces enfants, je saurai trouver quelqu'un pour les dompter!

Demain j'écrirai à Mme d'Aubenel, et nous verrons bien! »

A ce moment Françoise frappa à la porte, appelant Mélanie, que sa malade réclamait, paraît-il, depuis un quart d'heure; et Mélanie, ne pouvant être partout à la fois, comme elle venait justement de nous le faire remarquer, fut obligée, à son grand regret sans doute, de finir là son discours.

« Chacun dans sa chambre! » dit-elle alors de son ton le plus rogue; puis, se tournant vers moi:

« Vous, reprit-elle, couchez-vous; je vous amènerai le docteur aussitôt qu'il arrivera. »

J'étais trop malade pour éprouver à ce moment-là autre chose qu'une sensation de bien-être et de repos en la voyant s'en aller; sa voix m'entrait dans les oreilles comme une crécelle, redoublant mon vertige, et j'avais des coups de marteau dans les tempes. Dès qu'elle eut fermé la porte, j'appuyai ma tête contre la cheminée.

« C'est fini! me dis-je avec un soupir de soulagement, je vais pouvoir me reposer. »

Pierre s'était éclipsé; Marie ne faisait pas un mouvement, et pendant quelques minutes je restai moi-même immobile et muette comme un poisson.

Quand je relevai la tête, je vis que Marie pleurait.

Marie a une façon de pleurer silencieuse et discrète, qui ne gêne ni elle ni personne. Pas un cri, pas un sanglot; c'est une petite pluie fine et régulière, qui tombe goutte à goutte, sans même lui rougir les yeux. Elle a l'air de pleurer pour le compte d'un autre.

J'aurais voulu lui adresser quelques mots de condoléance, mais d'abord pourquoi pleurait-elle? C'est ce que je ne savais pas bien. Mélanie s'était montrée dure pour elle de plusieurs façons.

Pianoter..., barbouiller!... Quelles expressions malséantes!

Marie a dû en être horriblement vexée; car, au dire de tante Julie et de nos « aimables voisins du Petit-Gué », elle est excellente musicienne.

Je le sais mieux que personne. Du jour où elle a remplacé tante Julie, je n'ai plus eu de leçons de piano, son oreille étant si délicate, qu'elle ne peut supporter mes fausses notes et mes contretemps!

Je ne m'en plains pas, loin de là! Mais si chacun ne fait dans ce monde que les choses agréables, qui donc fera les autres?

Pour la peinture, je n'y connais goutte. Cependant Marie a fait le portrait de Lion, le caniche de tante Julie, et je ne le trouve pas ressemblant du tout. D'abord elle l'a mal frisé, et puis, au lieu d'être blanc il est d'un gris sale; je sais bien que Lion est rarement propre, mais enfin sa couleur naturelle est le blanc.

D'ailleurs, que Marie ait ou non du talent, ce n'est pas l'affaire de Mélanie; seulement, pour le reste, nous ne pouvons l'empêcher de voir clair, et cette méchante Mélanie a un peu raison. Marie ne s'occupe pas de nous, en effet, et tout son temps est pris par ces fameux arts d'agrément.

Je regardais Marie, me disant tout bas :

« Elle a des remords, bien sûr, et c'est pour cela qu'elle pleure. »

Alors, avec un grand effort je me levai, et, allant à elle :

« Marie, lui dis-je de ma voix la plus douce, ne pleure pas comme cela. »

Et j'essayai de l'embrasser. Mais elle me repoussa.

« Laisse-moi, dit-elle, l'air fâché; c'est ta faute, si je pleure; tu ne m'attires que des ennuis. Vous ne savez qu'inventer, Pierre et toi, pour vous rendre insupportables à tout le monde; du matin au soir on n'entend ici que des plaintes et des reproches, et la vie devient insoutenable ! »

Je m'écartai, très refroidie par cet accueil, auquel je ne m'attendais pas; je m'étais trompée, ce n'était pas de remords qu'elle pleurait.

« Eh bien ! dis-je d'un ton froissé, tu dois être contente ? Elle dit que les choses vont changer !

— Tant mieux, si elles changent; car je me déclare incapable de vous gouverner, et j'espère qu'on trouvera pour vous une gouvernante ou une institutrice très sévère ; vous en avez grand besoin. »

Elle pleurait toujours, mais je ne la plaignais plus, je commençais à me sentir très en colère.

« Pourquoi ne dis-tu pas « dompter », comme Mélanie ? criai-je indignée. Tu es bien injuste ! Je n'ai jamais refusé de prendre une leçon avec toi et de t'obéir. Pourquoi nous donnes-tu tous les torts ? Tu en as autant que nous, et si nous sommes mal élevés, c'est... »

Pierre m'interrompit tout à coup :

« Assez de disputes ! cria-t-il vivement de l'autre côté de la porte; la voiture du docteur est dans la cour; sauve-toi, Thérèse ! »

En cinq minutes je fus couchée.

Le docteur déclara aussi que ma blessure n'était pas grave, et que ce serait l'affaire de quelques jours seulement. Il voulut des détails sur notre aventure, se moqua de moi, et, en partant, me conseilla, pour toute ordonnance, du repos, de la patience.., et moins d'imagination.

2 février.

Grand émoi dans la maison ! Tante d'Aubenel est arrivée ce matin sans crier gare, amenée par la lettre de Mélanie, et la réception n'a pas été brillante.

Par bonheur Pierre, ayant aperçu une voiture au bout de l'avenue, avait jeté l'alarme immédiatement; mais cela nous donnait à peine trois minutes. Marie n'eut que le temps de fourrer en masse tous les vieux manteaux sous la table du vestibule et de rabattre le tapis par-dessus, et moi d'emporter sous l'escalier les joujoux de Maurice qui encombraient le salon. La voiture s'arrêtait déjà, et Pierre ouvrait la portière pour aider sa tante à descendre.

Tante d'Aubenel ne vient que rarement à la Jeannière, et pour y rester le moins longtemps possible; elle n'a jamais habité la chambre d'honneur, quoiqu'elle lui ait été plusieurs fois offerte.

C'est un appartement somptueux pourtant, comparé aux nôtres; d'un style quelconque, très pur, paraît-il, et dont les meubles, par hasard, ont leurs quatre pieds valides, les cuivres intacts et des serrures qui ferment; une chambre d'apparat enfin, et qui vraiment aurait assez grand air si on n'y laissait en permanence des boîtes de conserves et la provision de câpres, d'olives et de cornichons.

Peut-être tante d'Aubenel met-elle de la discrétion à faire déménager tant de bocaux, mais je la soupçonne plutôt de reculer devant l'aspect général de notre pétaudière. Elle est entrée une fois seulement dans nos chambres, et en est ressortie au plus vite; elle nous a grondés pour le désordre qu'elle y avait trouvé, et depuis n'a jamais consenti à remonter l'escalier.

Même dans le salon, elle a une façon de ramener ses jupes autour d'elle et d'examiner tous les sièges, avant d'en choisir un, qui me fait toujours rougir; pourtant je ne suis pas responsable de toute la poussière qui couvre les meubles et les parquets!

Avant tout, avant même d'entrer dans le salon, tante d'Aubenel s'informe naturellement de la malade et se fait annoncer chez elle par Léonard.

Rien ne m'amuse plus que les airs effarés et malheureux de ce pauvre Léonard pendant les visites de tante d'Aubenel. On sent qu'il voudrait être partout à la fois; son plumeau ne le quitte plus, et, toujours courant et s'agitant, il époussette et range, au passage, tout ce qui lui tombe sous la main. Peine inutile! Il y a trop à faire ; à sa place j'y renoncerais franchement : pourquoi vouloir changer, en un jour, toutes les habitudes de la maison ?

Tante d'Aubenel resta longtemps de l'autre côté de la Tourelle, ce qui nous permit de faire en son honneur, et pour éviter une leçon, un bout de toilette avant le déjeuner.

De sa fenêtre, tout en se brossant, Pierre surveillait les allées et venues de Françoise, et, dans son excitation, se parlait à lui-même si haut, que je l'entendais à travers la cloison.

« Ah ! ah ! faisait-il en riant, tout le monde se démène ce matin. Elle va à la basse-cour; nous aurons encore un vieux poulet si dur, que Léonard ne pourra pas le découper, comme la dernière fois. Maintenant elle court à la ferme... Ah ! oui, les œufs conservés, pour l'omelette aux croûtons. C'est toujours le même menu, quand tante d'Aubenel arrive à l'improviste. »

Il y eut un moment de silence, puis une exclamation :

« Bon ! un bouton qui saute. Tant pis. »

Ensuite je l'entendis ouvrir et refermer violemment tous ses tiroirs, et enfin il arriva dans ma chambre très surexcité :

« Thérèse, je n'ai plus une cravate convenable, c'est un peu fort tout de même ! Prête-moi un ruban quelconque, noir ou rouge.

— Un ruban ! En voilà une prétention ! T'imagines-tu que j'en possède un seul ? Demande cela à Marie; il faut que je m'occupe de Maurice. »

Marie avait des rubans sans doute, car, peu d'instants après, Pierre fit une entrée solennelle dans le salon, un magnifique nœud ponceau sous le menton et une épingle à sa veste pour remplacer le bouton absent. Nous étions à peu près propres, et ma tante en parut étonnée. Après nous avoir regardés tous, les uns après les autres, d'un air approbateur, elle nous appela pour nous embrasser.

Alors, pendant que le vieux poulet cuisait et que Léonard mettait le couvert, tante d'Aubenel, nous voyant réunis au complet autour d'elle, prit la parole d'un air grave.

Elle avait causé longuement avec Mélanie, et était au courant de tous nos méfaits; évidemment Mélanie ne nous avait pas ménagés.

C'est drôle comme les choses tournent dans ce monde. Il y a quelques jours, c'est moi qui parlais d'écrire à tante d'Aubenel pour me plaindre de Mélanie, et voilà que tout à coup les rôles changeaient; c'est Mélanie qui se plaignait de nous, et avec de si bonnes raisons, que nous ne pouvions songer à réclamer et à nous défendre. Nous avions fait trop de sottises en une seule journée, sans parler de toutes les anciennes !

Tante d'Aubenel fut plus indulgente cependant que je ne m'y attendais; elle commença par nous gronder naturellement, car nous le méritions; mais en même temps elle me parla de ma blessure, me demanda doucement si j'en souffrais encore, et fit un geste de pitié en voyant la grande cicatrice rouge qui traverse mon front au-dessus de la tempe.

D'après les questions qu'elle nous fit et la façon dont elle écoutait nos réponses, je vis bien qu'elle nous plaignait au moins autant qu'elle nous blâmait.

« Pauvres petits! » disait-elle de temps en temps.

Une fois même je l'entendis murmurer d'une voix triste :

« Ma pauvre sœur! »

Et je compris qu'en nous voyant si negligés elle pensait à l'ancien temps, quand nous avions encore notre chère maman. Sans doute aussi elle se rappelle, comme Léonard, que nous étions autrefois mieux élevés et plus gentils.

Quel malheur que tante d'Aubenel habite Paris, et ne soit pas libre de s'occuper de nous! Je suis sûre que je m'entendrais très bien avec elle. Par exemple, mon oncle serait peut-être un peu sévère.

Enfin je n'ai pas à y songer : il faut rester à la pétaudière.

Mais qu'avait-on décidé dans la longue conférence de ce matin? Quelles réformes demandait Mélanie, et que disait tante Julie de tout cela? Car Mélanie n'est pas seule maîtresse et souveraine à la Jeannière, après tout, et tante Julie a pourtant voix au chapitre, il me semble.

Marie se faisait sans doute les mêmes réflexions, car elle aborda tout à coup la question que je grillais d'éclaircir.

« Tante Marguerite, dit-elle avec un peu d'hésitation, pourquoi Mélanie est-elle si pressée de faire des changements ici? Le docteur a trouvé, hier, tante Julie beaucoup mieux; dès qu'elle sera rétablie, les choses reprendront leur cours régulier, et...

— Ma chère enfant, dit vivement tante Marguerite, le cours régulier des choses n'était déjà pas très satisfaisant ni très régulier; car la tâche était lourde pour une femme douce et faible comme l'est votre tante, et, de toute façon, elle n'aurait pu continuer bien longtemps ce double rôle d'institutrice et de tutrice. Pourtant, si l'absence de votre père n'avait pas dû se prolonger, peut-être aurait-on pu se contenter, pour un temps, de la situation telle qu'elle était. Mais voilà aujourd'hui la question bien malheureusement tranchée. La santé générale de votre tante est meilleure, en effet; mais sa tête est très affaiblie, et elle ne sera plus jamais en état de diriger votre instruction et votre éducation. »

Cette nouvelle nous rendit tout tristes; on ne nous avait jamais dit la vérité sur l'état de tante Julie. Quand nous demandions de ses nouvelles, Mélanie nous répondait brièvement : « Elle va un peu mieux. » Si nous insistions pour la voir, elle nous répondait de son air impatienté : « Le docteur le défend; il lui faut beaucoup de calme et de repos.

— Pauvre tante Julie! Nous comprenons maintenant. Mais cela ne peut lui faire beaucoup de mal de l'embrasser quelquefois.

— J'en parlerai moi-même au docteur. »

Léonard étant venu annoncer le déjeuner, la seconde conférence fut interrompue brusquement.

Depuis une heure, la brosse et le plumeau avaient fait des prodiges; je reconnaissais à peine la vieille salle à manger : c'était à se croire invité chez des voisins.

Comme Pierre l'avait prévu, le menu fut exactement le même qu'on avait servi à tante d'Aubenel à sa dernière visite, avec cette seule différence que le poulet était encore plus dur cette fois, et les croûtons moins dorés.

Mais comme c'était bien servi! Léonard se multipliait. Je vis le moment où, dans son zèle, il allait épousseter aussi le vieux poulet, avec son plumeau, avant de le découper. Mais non, sa présence d'esprit lui était revenue peu à peu, et tout marcha à souhait. Si bien que vers la fin il en arriva à prendre des airs conquérants, comme s'il se disait en lui-même :

Voilà un déjeuner qui rachète bien des choses!

Tante Marguerite ne perdit pas son temps en choses inutiles pendant son court passage à la Jeannière; à peine rentrée dans le salon, elle reprit la conférence au point où nous l'avions laissée, et nous étions trop curieux tous de savoir ce qu'elle avait décidé, pour nous fatiguer de l'entendre et de la questionner.

Pendant le déjeuner elle s'était informée de la façon dont je travaillais, puis elle avait demandé à voir mes cahiers; je les lui apportai tous dans le salon, et elle se montra très satisfaite. A sa grande surprise, car elle s'attendait, je le vis bien, à tout le contraire, elle me trouva beaucoup plus avancée qu'on ne l'est ordinairement à mon âge, et je reçus des félicitations auxquelles je ne m'attendais pas non plus, je l'avoue.

Pierre rayonnait.

« Je suis content, s'écria-t-il; personne ne rendait justice à cette pauvre Thérèse, et pourtant si vous saviez, tante, comme elle s'applique toujours!

— Ah ! dit tante Marguerite en souriant, voilà le mot de l'énigme. Je ne m'étonne plus maintenant qu'elle soit devenue si savante, même dans de mauvaises conditions. »

C'était gentil à Pierre d'avoir dit cela et d'être si content pour moi, aussi je l'embrassai, pour sa peine, au milieu de la conférence.

« Ceci donné, continuait tante Marguerite, les leçons de M. le curé pourraient, à la rigueur, suffire à Thérèse, en attendant le retour de votre père; mais ce n'est pas tout, et vous avez absolument besoin d'une bonne direction. Mélanie a raison, il faut prendre un parti et le plus tôt possible.

— Alors, tante, vous allez nous chercher tout de suite une institutrice? » dis-je vivement.

Tante Marguerite secoua la tête.

« Je le voudrais, dit-elle; mais d'abord je ne puis rien décider pour vous sans l'approbation de votre père, et ensuite... »

Elle hésitait; mais je compris ce qu'elle voulait dire, et je conclus pour elle :

« Ensuite, aucune institutrice ne consentirait, pour une somme raisonnable, à prendre la responsabilité de quatre enfants, dont deux réputés intraitables, et à vivre seule avec eux, dans une pétaudière misérable et délabrée comme la nôtre, sans parler de l'agrément des rapports quotidiens avec un maire du palais comme Mélanie. »

Tante Marguerite ne put s'empêcher de rire.

« Tu as raison, dit-elle; pourtant il faut trouver un moyen. Une bonne gouvernante ferait peut-être l'affaire; elle soignerait Maurice et serait un aide dans la maison.

« Mélanie est maintenant très absorbée par sa malade et ne peut suffire à tout. D'ailleurs elle vient de me déclarer qu'elle ne supporterait pas plus longtemps cette vie-là; qu'elle était à bout de patience et de forces.

— C'est bien fait! s'écria Pierre, qui jusque-là n'avait pas soufflé mot sur la question, pourquoi a-t-elle renvoyé Fridoline? Elle n'a pas le droit de se plaindre, si nous sommes maintenant à sa charge; c'est bien sa faute! »

Je fis à Pierre un signe d'approbation, et tante Marguerite sourit.

« Elle s'en repent amèrement, dit-elle, je l'ai bien vu, car je lui ai fait moi-même cette observation; mais il est un peu tard pour le regretter, Fridoline n'est plus libre.

— Malheureusement, » dis-je avec un soupir.

Puis voyant qu'elle se taisait :

« Tante Marguerite, m'écriai-je, vous ne partez pas maintenant?

Marie, se levant aussi, proposa alors, selon l'usage, de faire préparer la chambre d'apparat, sur quoi tante Marguerite déclara catégoriquement, selon l'usage aussi, qu'elle voulait rentrer à Paris le soir même, et demanda sa voiture.

« Avec ces vieux chevaux de louage, dit-elle en riant, on est presque sûr de manquer le train, si on ne part pas beaucoup trop tôt. »

Après une dernière visite à la pauvre tante Julie, elle revint nous embrasser plus affectueusement que d'habitude, je le remarquai, nous promit d'écrire dès le lendemain à notre père, et de se mettre en campagne aussitôt qu'elle aurait reçu sa réponse.

4 février.

« Je voudrais bien savoir comment sera le dompteur. Peux-tu te l'imaginer, toi? »

J'étais assise sur un tonneau vide, qu'on venait de rouler sous le hangar, et Pierre me balançait agréablement du bout de son pied.

« Le dompteur? » répéta-t-il, et son pied s'arrêtant à mi-chemin, le tonneau reprit son aplomb. « Ah! » et il éclata de rire. « Notre institutrice? Au fait, je n'y ai pas encore pensé, » ajouta-t-il légèrement.

Je le regardai dans les yeux, et appuyant sur les mots avec intention :

« J'y pense beaucoup, moi, » dis-je d'un ton grave.

Pierre me regarda à son tour, et devenant tout à coup très sérieux :

« Thérèse, fit-il à demi-voix en se rapprochant, si c'était quelqu'un dans le genre de Mélanie?

— Voilà justement l'idée qui me tourmente depuis la visite de tante Marguerite.

— Pas possible! reprit Pierre, cherchant à se rassurer lui-même, tante Marguerite ne voudrait pas nous jouer un si mauvais tour. »

Je me contentai d'abord de hocher la tête; puis, levant un doigt, j'allais parler, quand Pierre, au lieu de s'émouvoir, éclata de rire pour la seconde fois :

« Ne me regarde pas de si haut, s'écria-t-il, tu me fais peur avec tes airs de prophétesse sur son trépied! »

Mais je n'avais pas envie de rire :

« Rappelle-toi ses propres paroles, repris-je : « une bonne direction. »

Cette fois Pierre parut impressionné; il prit son élan, et vint retomber assez près de moi.

« Causons sérieusement, » dit-il.

Mais, sous le choc, le tonneau s'était remis à osciller, et il nous fallut un peu de temps pour reprendre notre équilibre.

« Une bonne direction, répéta Pierre, évidemment, et son sourcil se fronça, cela me représente une grande femme, d'un certain âge, sévère, imposante, une robe de soie noire sans un pli, des manières très dignes, tout pour l'étiquette. »

Ici Pierre fit un mouvement si brusque, que le roulis recommença tout à coup et que je faillis tomber.

« Oh! Thérèse... » Et, me retenant par la main, il enfourcha le tonneau pour être plus solide. « Thérèse, faudra-t-il lui offrir mon bras, quand Léonard annoncera le dîner?

— Es-tu ridicule!

— Eh! cela l'empêcherait peut-être de me mettre au pain sec. »

Mais redevenant bien vite sérieux :

« Elle sera très ennuyeuse, vois-tu, reprit-il d'un ton mélancolique, et qui sait si, après nous être plaints souvent d'être mal élevés, nous n'en viendrons pas un jour à nous plaindre de l'être trop bien?

— Peut-être! » dis-je vaguement.

Car je m'étais fait aussi cette réflexion en pensant à la « bonne direction » dont nous étions menacés, et je ne savais trop qu'en penser.

« Il y a du bon dans notre existence, reprit Pierre en s'animant; nous sommes libres comme l'air, et nous faisons quelquefois de fameuses parties tout de même.

— Oui, mais nous les payons trop cher après! En fin de compte, nous étions plus heureux quand nous faisions moins de « parties » et moins de sottises. Pour ma part, j'aimerais bien une bonne institutrice qui, sans gronder toujours et sans être dure pour nous, saurait... »

Pierre m'interrompit :

« Peut-être, dit-il à son tour, à moitié convaincu. Mais, reprit-il bientôt plus vivement, ce ne sera pas le cas avec le dompteur. D'avance il sera prévenu contre nous; tu peux compter sur Mélanie pour cela, et même tante Marguerite sera la première à lui recommander d'être particulièrement sévère pour nous deux. Un fouet et le collier de force pour le dressage.

— Oh! m'écriai-je en riant, tu pousses les choses un peu loin; que fais-tu alors de la dame imposante et de l'étiquette?

— C'est vrai! » dit Pierre en sautant à bas du tonneau; puis, m'aidant à descendre aussi :

« N'importe, reprit-il avec un soupir, j'ai peur que nous ne gagnions pas grand'chose à ce nouveau système; nous serons peut-être mieux soignés, moins misérables, mais on nous tiendra perpétuellement en main, comme dit Mélanie, et alors nous serons malheureux d'une autre façon. »

Je ne répondis rien, et Pierre, me voyant toute triste, me proposa, pour changer mes

« Oh! m'écriai-je en riant, tu pousses les choses un peu loin.

idées, une course à cloche-pied jusqu'au bout de l'avenue. Il arriva premier naturellement; mais avec lui je suis habituée à perdre, et cela m'a rendue bonne joueuse. D'ailleurs j'étais bien réchauffée pour rentrer dans ma grande chambre, et, sous ce rapport-là au moins, je gagne toujours autant que lui!

Mais dans la solitude voilà les idées tristes qui me reviennent.

Je vois que Pierre se fait les mêmes réflexions que moi sur notre future institutrice; cependant je ne puis croire, comme lui, que nous serons plus malheureux avec elle que nous ne le sommes maintenant.

Pierre a tort de regretter notre prétendue liberté, et je le lui dirai. Qu'avons-nous besoin d'être si libres, si c'est pour faire le mal! Pauvre Pierre! il a dit cela sans réfléchir; mais ce n'est pas bien, j'en suis sûre, de souhaiter cette liberté-là. Et je garde mon opinion : les enfants bien élevés sont les plus heureux. C'est bien bon d'avoir quelqu'un qui vous empêche de faire des sottises, au lieu de gronder seulement quand elles sont faites; quelqu'un qui pense pour vous et s'occupe de vous, qui sait tout ce qu'il vous faut, qui vous encourage, s'intéresse à vous et vous aime. Ah! comme j'envie tous les enfants que je vois avec leurs parents! Ils ne savent pas comme ce serait facile pour eux d'être toujours sages et gentils, s'ils le voulaient. Ils ne s'en doutent pas, ils n'y pensent seulement pas, je crois bien.

Quand maman nous élevait, et papa après elle, je n'y ai jamais pensé moi-même. Je trouvais cela tout naturel, et je ne savais pas que nous étions si heureux, tandis que maintenant, depuis que tout cela nous manque, depuis que je sens la différence... Oh! maman, maman, même les punitions de ce temps-là étaient douces, parce qu'après tu nous pardonnais, et tu nous apprenais à devenir plus sages.

Maintenant nous ne demandons plus jamais pardon; nous nous révoltons, au contraire, et nous nous querellons, comme l'autre jour encore avec Marie. J'ai peur que nous devenions tout à fait méchants, et alors papa aura beaucoup de chagrin quand il reviendra.

Décidément je ferai un peu de morale à Pierre.

Nous ne pouvons pas nous élever tout seuls et nous corriger nous-mêmes, comme je l'avais espéré un moment; c'est trop difficile, et nous n'y entendons rien. Donc il faut que Pierre s'habitue à l'idée d'obéir à notre institutrice, même si elle est un peu sévère; je lui en donnerai l'exemple, et même je suis décidée à être très gentille avec elle, si elle ne prend pas trop le parti de Mélanie contre nous.

. . . .

J'ai été ce soir au-devant de Pierre, quand il est rentré après sa leçon, et je lui ai parlé.

Il a d'abord bien ri.

« Mais c'est une idée fixe, ma pauvre Thérèse! a-t-il dit, tu n'as plus que le dompteur en tête, il n'est pas à la veille d'arriver pourtant! Il faut que la lettre de tante d'Aubenel arrive à papa, et vice versa, la réponse de papa à tante d'Aubenel; puis il faut chercher, puis il faut trouver. Sais-tu? nous avons encore deux ou trois bons mois devant nous. »

Ma morale n'avait pas produit grand effet.

« Oh! Pierre! » m'écriai-je, très scandalisée.

Il rit de plus belle, mais voyant que je ne me déridais pas :

« Allons, dit-il doucement, ne te fâche pas! Je considère cela comme des vacances, voilà tout; mais après, je te promets tout ce que tu voudras, si elle n'est pas trop chipie.

— Pierre, quel mot! Si tu commences comme cela! »

Mais il n'en voulut pas démordre, et maintenant je ne puis souhaiter qu'une chose, pour elle et pour nous, c'est qu'elle ne soit pas... ce que Pierre a dit.

8 février.

J'ai guetté le docteur ce matin, et je suis allée l'attendre au bout de l'avenue pour lui demander la permission de voir tante Julie, mais il n'a pas voulu me la donner. Nous avons causé longtemps, et je comprends très bien les raisons de son refus. La mémoire de tante Julie est très affaiblie, et elle se souvient à peine que nous sommes chez elle; mais, quand on lui parle de nous, elle devient inquiète, elle cherche à rappeler ses souvenirs, à comprendre, elle s'agite, et c'est une grande fatigue pour elle.

Je ne veux pas la tourmenter, et je ne demanderai plus à la voir; le docteur m'a promis de me dire quand je le pourrai sans lui faire de mal.

Pauvre tante Julie! Je l'aime plus que je ne le croyais, et j'ai bien du chagrin de la voir si malade. Nous lui avons donné beaucoup de peine; nous avons souvent abusé de sa faiblesse, et je voudrais bien maintenant avoir été plus obéissante, plus sage et plus prévenante pour elle. Je voudrais bien ne lui avoir jamais manqué de respect, ne lui avoir jamais tenu tête comme je l'ai fait quelquefois.

Je le regrette aujourd'hui, mais trop tard malheureusement. Pauvre tante Julie! je ne peux même plus lui demander pardon.

Tante d'Aubenel est arrivée l'autre jour à Saint-Martin, si longtemps avant l'heure de son train, qu'elle a pu s'arrêter chez M. le curé et le consulter sur le fameux projet. M. le curé et sa sœur l'approuvent complètement, Mélanie en a parlé aussi au docteur ce matin; tous sont du même avis et enchantés pour nous, disent-ils, de la résolution prise par tante d'Aubenel. Le docteur est sûr d'avance que papa l'approuvera, parce que, a-t-il dit, c'est, en effet, le seul parti à prendre, et à prendre immédiatement.

J'ai senti que je devenais très rouge, quand le docteur a dit cela. Décidément on a bien mauvaise opinion de nous; et Pierre a raison, ils vont tous conseiller à la dame imposante d'être aussi sévère que possible.

Le docteur me regardait en riant :

« Vous n'avez pas l'air enthousiaste, me dit-il; aimeriez-vous mieux la pension?

— Oh! non, m'écriai-je; d'ailleurs il n'est pas question de cela : Marie est trop grande, et Maurice trop petit. Il faut quelqu'un ici pour nous tous.

— Absolument, dit le docteur, qui riait toujours, quelqu'un pour vous tous, et je lui souhaite bien du plaisir. »

Quelle réputation nous avons!

Je le disais bien à tante Marguerite, personne ne voudra venir ici, et je ne sais plus si j'en serai contente ou fâchée.

Ce que j'aimerais le mieux dans ce moment, c'est que notre pauvre tante soit guérie, et que nous puissions continuer notre ancienne vie; j'essayerais de ne plus lui donner de peine et de prendre de meilleures habitudes pour lui faire oublier tous mes torts, et puis je ne m'occuperais plus de Mélanie. D'ailleurs elle n'aurait jamais rien à dire, puisque je serais sage.

Du reste, je ne veux plus me rendre si malheureuse avec toutes ces idées-là; je vais seulement bien prier le bon Dieu, et il décidera tout lui-même pour notre bien.

23 février.

Quinze jours que je n'ai ouvert mon pauvre journal! Je ne le tiens pas bien régulièrement; mais j'ai une bonne excuse à me donner, c'est que pendant ces deux dernières semaines il ne s'est rien passé d'intéressant à la pétaudière; je n'ai même pas eu besoin de recourir à lui comme confident et consolateur, car nous sommes très calmes depuis la grande secousse qui a amené tante Marguerite ici et provoqué le changement qui va se produire dans notre existence.

Tante Marguerite nous a écrit deux fois depuis sa visite, nous exhortant à la sagesse et à la patience.

Sûre, dit-elle, de l'approbation de papa, elle cherche d'avance, pour gagner du temps, s'informe autour d'elle, écrit partout, et espère mener sa campagne à bonne fin et rapidement.

« Réponds-lui que rien ne presse, a dit Pierre en riant, lorsque Marie nous a lu la dernière lettre de tante d'Aubenel; que nous sommes très sages, et que tout marche dans ce moment comme sur des roulettes. »

C'est vrai, mais tante Marguerite ne s'y fierait peut-être pas pour longtemps.

La pauvre tante Julie est toujours dans le même état; Léonard dit qu'elle est très faible et ne peut sortir; j'espère qu'elle ira mieux quand il fera beau temps. Elle passe sa journée entière dans son fauteuil, au coin du feu. Lion dort à ses pieds. Quoiqu'il ne m'intéresse pas beaucoup, j'ai demandé aujourd'hui de ses nouvelles, car on ne le voit plus du tout, et cela s'explique; il va devenir informe, lui qui était déjà trop gras. Mais c'est son affaire.

Il ne nous a jamais montré de sympathie, malgré toutes nos avances; n'a jamais voulu jouer avec nous, et nous a même trahis plus d'une fois, en aboyant contre nous, quand nous mangions des groseilles dans le jardin.

D'ailleurs je ne lui pardonnerai jamais d'avoir voulu mordre Pierre, le fameux soir où nous l'avons fait grimper jusqu'en haut de l'échelle avec mon mouchoir sur le museau, pour faire le revenant à la fenêtre de Mélanie.

C'est un chien gâté ; aussi a-t-il très mauvais caractère. Enfin ! La pauvre tante Julie l'aime beaucoup, et il ne nous gêne plus depuis qu'il reste enfermé avec elle.

Marie s'occupe un peu plus de Maurice, depuis la grande scène que lui a faite Mélanie ; elle lui a donné hier sa première leçon d'écriture. Je ne sais pas comment le pauvre chéri s'en est tiré, mais il a passé le reste de la journée avec un beau tatouage d'encre sur les joues et des mains de négrillon. Il en reste encore des traces aujourd'hui, et Françoise se plaint de ne pouvoir arriver à le blanchir; de sorte qu'il sera, je pense, noir de la tête aux pieds pour recevoir le dompteur.

Pierre, lui, paraîtra sans cravate, puisqu'il n'en a plus. Moi, j'ai des trous au coude. Voilà où nous en sommes, et le dompteur pourra juger du premier coup dans quel milieu il est tombé.

27 février.

Une figure longue et osseuse, la bouche et les yeux tristes, une pointe de dentelle sur les cheveux, une robe toute plate, l'aspect général froid et austère : voilà ce que dit la photographie.

« Cinquante ans, veuve, beaucoup de mérite, instruction solide et universelle, musique et peinture, deux langues étrangères ; maîtresse de maison accomplie, caractère ferme et doux à la fois, une tête de savant et un cœur de mère. » Voilà, ou à peu près, ce que dit la lettre contenant la photographie.

Le tout est arrivé dès l'aurore, pendant que nous savourions dans le jardin notre tartine de fromage blanc, l'abomination des abominations !

C'est toujours Pierre qui reçoit le courrier des mains du facteur. Reconnaissant du premier coup d'œil l'écriture de tante Marguerite, il jette un cri, et revenant à moi :

« Thérèse, dit-il d'un ton dramatique, c'est la lettre fatale ! Elle est très lourde, et je lui trouve mauvais air. Viens. »

Il m'emmène chez Marie, qui nous reçoit

assez mal, étant à peine éveillée, et la première chose qui tombe de l'enveloppe c'est, de pied en cape, la « dame imposante » prédite et annoncée par Pierre.

« Voyons ! » crie-t-il, curieux et agité.

Il l'examine un instant, fait une grosse moue, puis me le passe.

« Que t'avais-je dit? murmure-t-il en soupirant, nous voilà bien ! »

Marie parcourait rapidement des yeux la lettre de tante Marguerite.

« Lis tout haut, » dis-je avec impatience.

Tante Marguerite annonçait qu'ayant reçu, par dépêche, l'assentiment de papa, elle avait pu agir plus tôt qu'elle ne le pensait d'abord, et qu'elle venait de s'entendre définitivement avec Mme Delorme, dont elle nous envoyait la photographie, et qui lui avait été très chaudement recommandée par une de ses amies. Suivait la liste de toutes les perfections de Mme Delorme, puis la date probable de son arrivée, le 30 mars; puis un long chapitre d'exhortations et de conseils pour Pierre et moi, sur le respect et la soumission dus à Mme Delorme, et, pour finir, deux pages au moins d'instructions minutieuses, particulièrement adressées à Marie, sur l'installation de la même Mme Delorme.

Ce passage de la lettre sortit Pierre du marasme où les autres l'avaient plongé; c'était une petite compensation, cet emménagement à opérer.

« Je sais, je sais, fit-il, interrompant Marie, selon sa mauvaise habitude ; je t'aiderai. Ouvrir la grande chambre du fond, qui a un cabinet de toilette, la faire aérer, balayer, cirer, brosser, épousseter, ranger, chauffer. »

Là, Pierre éclata de rire.

« Thérèse, souffle-moi un autre verbe de la première conjugaison.

— La meubler ! criai-je aussitôt, elle n'a pas de commode.

— Oh ! fit Pierre d'un ton choqué en se tournant vers Marie.

— Il y a une grande armoire et un vieux bahut, dit Marie de son air paisible.

— Très bien, dit Pierre, tout consolé, Mme Delorme s'en contentera ; je n'en ai pas tant, moi ! Il est vrai que ma garde-robe n'est pas difficile à loger. »

Puis reprenant son énumération :

« Caler la table du milieu qui est boiteuse, et poser sans affectation un coffret ou un album sur le coin du tapis où j'ai fait un accroc, réquisitionner les deux meilleures chaises de cette partie de la maison et trouver même, si possible, un fauteuil.

— Il y en avait un autrefois, dit Marie ; mais

il a perdu deux roulettes, et on l'a monté dans une des mansardes.

— Il me le faut, mort ou vif! cria Pierre; on ne sait rien réparer ici; c'est bien simple pourtant! Nous lui ôterons ses deux autres roulettes, et il se trouvera d'aplomb. Dépêche-toi, Marie, nous n'avons pas de temps à perdre.

— Nous avons tout le temps, au contraire, répondit Marie sans s'émouvoir; en une journée tout sera prêt, c'est l'affaire de Léonard. »

Là-dessus Pierre perdit tout son entrain.

« Alors, murmura-t-il d'un air désappointé, arrangez-vous comme vous voudrez; je ne me mêle plus de rien, pas même du fauteuil à bascule.

« Seulement, ajouta-t-il aussitôt en riant malgré lui, je voudrais voir Mme Delorme s'y asseoir sans être prévenue. »

Je me rappelai à temps la bonne résolution que j'avais prise.

« Chut! dis-je vivement, je ne veux pas que tu parles d'elle sur ce ton-là.

— Oh! fit Pierre, levant un doigt, je sais ma leçon. Nous lui devons le plus profond respect et la soumission la plus absolue; est-ce bien cela? »

Non, ce n'était pas cela, l'air n'étant pas

d'accord avec les paroles; mais je répondis d'un ton sévère :

« Certainement ! Et moi je suis toute prête à la bien accueillir, elle a l'air très bon.

— Je l'aimerais mieux un peu plus gaie ! »

Et, considérant de nouveau la photographie :

« Cette bouche-là ne doit jamais rire, continua Pierre, et pour nous maintenant c'est fini, vois-tu. Adieu la gaieté française ! »

Et, d'une chiquenaude, il envoya Mme Delorme au pied du lit.

Il essayait de plaisanter, mais je sentais qu'au fond il avait le cœur gros en voyant toutes ses craintes si exactement réalisées.

En effet, dès qu'il se retrouva seul avec moi, il répéta tristement :

« Tout est fini pour nous, ma pauvre Thérèse ! Te voilà aux mains du dompteur, il va te tenir en cage, et ton temps sera réglé heure par heure et minute par minute. Tu as vu son programme : le piano, le dessin, l'anglais, le chinois, du crochet, des tapisseries..., quoi encore ? Ta journée entière y passera, et nous nous verrons à peine; comme ce sera amusant ! Nous n'aurons même plus la promenade du mercredi dans la petite charrette. »

J'y avais bien pensé déjà, et, sans savoir ce que seraient les leçons de Mme Delorme, d'avance je regrettais celles de M. le curé.

Je me gardai bien pourtant d'en rien dire à Pierre, et j'essayai même toujours de lui montrer le bon côté de la chose, mais sans aucun succès cette fois.

Il s'en alla tout fâché en murmurant je ne sais trop quoi sur le manque de cœur de certaines gens, qui remplacent si facilement les vieilles amitiés par de nouvelles connaissances.

Voilà tout ce que j'ai gagné à mes essais de conciliation, et cela ne me paraît pas de très bon augure.

3 mars.

Pierre est décidé à profiter le mieux possible de ces premiers jours de printemps qui sont nos derniers de liberté.

Le soleil a l'air de s'entendre avec nous ; il fait un temps superbe, et nous sommes dehors le plus que nous pouvons.

Nous avons même pour jeudi un grand projet; nous serons seuls, Marie devant passer l'après-midi à Saint-Martin, et Pierre veut faire une dernière bonne partie à nous deux, à nous trois avec Biquet. Nous irons déjeuner dans la forêt; Léonard nous arrangera tout ce qu'il faut dans un panier, et nous ferons la cuisine en plein air, comme des sauvages. Le menu a déjà été discuté et choisi : des œufs durs, des côtelettes et des pommes de terre sous la cendre, et le programme arrêté : départ dès le matin, campement à la source du Vieux-Cerf et retour pour le dîner seulement.

« Journée complète, a dit Pierre ; après cela Mme Delorme peut arriver, je l'attendrai de pied ferme. »

7 mars.

J'ai beau me raisonner, me dire qu'il faut redevenir calme, m'habituer à cette idée, je ne peux pas, je ne peux pas! C'est plus fort que moi; je ne sais plus ce que je dis, je ne ne sais plus ce que je fais. J'ai voulu écrire à papa, à tante Marguerite. Impossible! Ma main tremblait, c'était tout de travers, et ma lettre n'avait ni queue ni tête.

Pierre est encore plus extravagant que moi ; il a à peine dormi cette nuit. Nous avons l'air de deux fous.

Mais je veux me recueillir maintenant pour raconter, en bon ordre, tout ce qui nous est arrivé depuis jeudi, notre journée dans la forêt, une si bonne journée! et après..., oh! après... Quant à notre retour...

Non, je veux être raisonnable ; le commencement d'abord.

Je m'étais éveillée de très bonne heure, et vite j'avais ouvert ma fenêtre pour interroger la girouette et les quatre points cardinaux.

A l'est le ciel était tout rose et doré, à l'ouest pas un nuage ; une petite brise venant du nord, un peu fraîche, délicieuse.

« Parfait ! nous aurons beau temps ! »

Je m'habille, je dis ma prière et je cours rejoindre Pierre, qui était déjà devant l'écurie, en grand conciliabule avec Léonard et Biquet.

Nos provisions et nos ustensiles étaient chargés de chaque côté de la selle, plus un petit sac d'avoine pour le troisième convive ; Biquet n'est pas une bête de somme, c'est notre camarade, et il devait s'amuser autant que nous pour la dernière fois.

Cependant il nous porterait à tour de rôle quand nous serions fatigués.

Enfin tout est prêt. Léonard s'assure qu'il n'a rien oublié, nous souhaite bonne chance en riant de bon cœur de l'équipage, et nous voilà en route, le cœur léger, laissant derrière nous la pétaudière et sa tourelle, oubliant nos petites misères, Mme Delorme et ses yeux tristes, et prévoyant peu, certes, que le soir même...

Mais je n'en suis pas là.

En plein été la source du Vieux-Cerf est le

coin du bois le plus ombragé; mais dans ce moment les petites feuilles sortent à peine de leur étui, et le soleil pénètre partout sans leur permission.

C'était délicieux notre campement au bord de la source. Un silence de forêt vierge, rien que le bruit du ruisseau qui courait sous les ronces, et le chant des petits oiseaux qui allaient et venaient à travers les branches, très occupés de leurs petites affaires; pas une âme dans le voisinage, rien qui pût nous inquiéter et nous intimider.

Aussi, à peine arrivés, avions-nous commencé nos préparatifs, comme de vrais explorateurs à la fin de l'étape.

Biquet fut déchargé et attaché à un arbre, au bout d'une corde très longue, avec l'autorisation de broutiller tout ce qui lui tomberait sous la dent. J'étalai nos provisions sur une serviette; je rangeai nos ustensiles de cuisine, un petit pot de terre et un vieux gril, dans un coin près du ruisseau, et Pierre se mit à ramasser du bois mort, pour faire notre feu; Léonard lui avait donné une boîte d'allumettes et un grand journal, prévoyant sans doute quelques difficultés avec le bois, et, dès que tout fut prêt, Pierre déclara qu'il mourait de faim et qu'il était bien temps de commencer la cuisine.

Bien nous en prit de le faire.

Impossible d'abord d'allumer le feu; le bois ne voulait pas flamber, et toute la boîte d'allumettes y passa; ensuite il flamba trop, il fallut en refaire une grande provision, et Pierre eut fort à faire pour l'entretenir; enfin tout s'arrangea peu à peu. J'avais rempli le pot de terre à la source, et mis chauffer l'eau pour cuire les œufs, puis j'enterrai les pommes de terre sous la cendre.

Pierre regardait avec beaucoup d'intérêt toutes ces opérations.

« Laisse-moi t'aider, dit-il bientôt avec entrain, ce n'est pas difficile de faire la cuisine.

— Cela dépend, je suis un peu inquiète, au contraire, de la grillade.

— Bah ! fit Pierre, à nous deux ! »

Et brandissant le vieux gril :

« Y es-tu ?

— Non, non, attends; laisse-moi faire cela, mets le couvert plutôt. »

Les côtelettes n'étant pas grosses, Léonard en avait préparé quatre heureusement; je les range en bataille sur le gril, je dispose un joli brasier, et:

« Voilà l'opératrice aussitôt en besogne, » crie Pierre, qui me guettait de son coin.

Trop occupée pour répondre, je lui impose

silence d'un geste. Le gril est sur la braise, et je ne quitte plus des yeux mes quatre côtelettes.

Léonard m'a dit de les retourner, mais à quel moment précis ? Voilà ce qu'il faut saisir.

« Pierre, vite ! ma fourchette ! »

Pierre accourt.

Au même instant, frrr !... Une grande flamme s'élève au milieu du gril, c'est la deuxième côtelette qui flambe.

« Au feu, au secours ! » crie Pierre en sautant de côté.

Moi, sans perdre la tête, j'ai vite retiré mon gril, et tout s'éteint instantanément.

Mais alors :

« Pouah ! » fait Pierre se reculant encore.

Je hausse l'épaule :

« Ce n'est rien ; un peu de graisse fondue qui goutte dans le feu. »

Frrr ! seconde flambée !

Cette fois Pierre éclate de rire.

« Côtelettes de mouton au feu de Bengale ! annonce-t-il pompeusement. Ça doit être bon ! »

Je commence à me demander si la chose doit se passer de cette façon, quand Pierre, humant l'air, jette un un nouveau cri qui me fait tressauter :

« Ça brûle, retourne-les donc ! »

Vite encore je saisis mon gril, et je pique ma fourchette au hasard dans une des côtelettes; la côtelette résiste, mais je ne céderai pas. Je tire, je secoue.

« Hardi! fait Pierre, har... »

« Vous êtes fatiguée? » dis-je en la voyant s'adosser à l'arbre.

Mais il devient muet subitement.

Je lève les yeux.

« Oh! »

Et, comme Pierre, je reste sans mouvement et sans voix.

D'où vient-elle? Qui est-ce, et comment estelle arrivée là, invisible, sans bruit, comme une apparition? La bouche souriante, les yeux moqueurs, elle nous contemple un instant, puis elle s'avance, et sans façon :

« Vous faites une drôle de cuisine, » dit-elle gaiement.

Elle ôte ses gants, les met dans sa poche; puis, relevant avec soin le bas de sa robe, elle s'agenouille devant le feu.

« Passez-moi la fourchette, voulez-vous? »

En un clin d'œil les côtelettes sont retournées, le gril est remis sur le feu, et nous n'avons pas encore repris nos sens que déjà l'apparition s'est relevée et vient à nous.

« Il était temps que j'arrive! » dit-elle en souriant.

C'est une jolie apparition, blonde, rose, aux yeux bleus : une figure qui vous donne envie de l'aimer tout de suite. Ses yeux sont gais; son sourire est gai, et sa voix..., oh! sa voix surtout, c'est comme un oiseau qui chante. D'un coup d'œil elle a vu l'ensemble du campement : Biquet au bout de sa corde, le couvert mis près de la source, et la cuisine avec toutes ses provisions.

« Oh! que c'est gentil! » s'écrie-t-elle.

Puis elle semble hésiter, mais une seconde seulement, et j'entends encore sa jolie voix :

« Voulez-vous me donner l'hospitalité? »

Pierre fait en même temps que moi un mouvement vers elle :

« Oh ! oui. »

Elle ne peut douter qu'elle soit la bienvenue; nous avons répondu ensemble, d'un seul élan, et Pierre étend déjà pour elle, au pied d'un arbre, le tapis de selle de Biquet.

« Merci, » dit l'apparition, avec un joli mouvement de tête; et la voilà assise, sans plus longue cérémonie, au milieu de notre campement.

Elle n'est pas tombée du ciel; elle est venue à pied tout simplement. Ses bottines sont couvertes de poussière.

« Vous êtes fatiguée? dis-je en la voyant s'adosser à l'arbre.

— Un peu; voilà plus d'une heure que je marche dans ce bois sans pouvoir en sortir, je m'y suis perdue et... Vos côtelettes ! »

D'un bond elle est près du feu.

J'avais absolument oublié ma cuisine, et les côtelettes recommençaient à brûler.

« C'est ma faute, » murmura l'apparition en les examinant l'une après l'autre d'un air contrit.

Et, le gril en main, elle semble se demander ce qui reste à faire.

Selon moi, les côtelettes étant cuites et même trop, le seul parti à prendre c'est de les manger tout de suite. Je consulte Pierre du regard; il me répond d'un signe, et alors timidement, sans trop savoir comment sera reçue mon invitation :

« Voulez-vous déjeuner avec nous? » dis-je à l'apparition.

Son sourire me rassure tout de suite :

« Je crois bien, s'écria-t-elle, l'air ravi, je meurs de faim; que vous êtes aimables! »

Aussitôt Pierre s'élance pour la débarrasser du gril; notre invitée ne devait plus rien faire, c'était à nous de la servir.

Oh! le bon déjeuner!

Nous n'avions qu'un couvert pour deux, Pierre ayant donné le sien à l'invitée; mais, comme dédommagement, elle lui décerna la quatrième côtelette, et ainsi il gagna au change; ensuite les œufs et les pommes de terre furent partagés aussi également que possible.

Pendant que nous déjeunions Biquet se régalait de son avoine, et, tout le temps, il avait dans les oreilles son mouvement des jours de fête; moi je me sentais aussi heureuse que si Mme Delorme n'existait pas. Pierre, plus gai qu'un pinson, disait des folies comme si nous avions été tout seuls; et, ce qui le charmait et semblait l'exciter encore, notre invitée en riait d'aussi bon cœur que nous.

Nous étions tout à fait intimes maintenant,

si intimes que Pierre lui demanda, sans cérémonie, par quel heureux hasard elle se trouvait à cette heure matinale dans notre voisinage.

« Ce n'est pas par hasard, dit-elle; il y avait préméditation, car j'ai passé une partie de la nuit en chemin de fer dans le seul but d'arriver ici ce matin.

— Pour vous perdre dans la forêt?

— Non, dit-elle en riant, car je ne savais pas vous y rencontrer. Je suis attendue chez des amis, et je comptais trouver à la gare une voiture pour moi et mes bagages; ne voyant rien venir cependant, comme ma sœur Anne, je me suis décidée à laisser mes caisses à la consigne et à partir à pied. Je savais que la course n'était pas longue, et on m'avait expliqué le chemin, mais je me suis trompée en traversant la forêt; d'allée en allée, de sentier en sentier, je me suis complètement égarée, et je ne sais pas ce qui serait arrivé si vous ne m'aviez recueillie et offert le pain et le sel. Il y a eu, je suppose, quelque malentendu, ajouta-t-elle gaiement; mais je ne m'en plains pas.

— Et nous, nous en sommes enchantés! » s'écria Pierre.

Elle nous remercia tous les deux, puis nous interrogeant à son tour :

« Faites-vous souvent de ces bonnes parties? » demanda-t-elle.

Hélas ! l'ombre de Mme Delorme sembla tout obscurcir autour de nous ; Pierre ne répondit que par un soupir, moi je ne répondis pas du tout.

Il y eut quelques secondes d'un silence embarrassé, mais notre invitée avait décidément le secret de mettre les gens à l'aise.

Elle nous regarda l'un après l'autre, et quelque chose passa dans ses yeux comme si elle comprenait avant de savoir.

« Oh ! fit-elle, je suis sur un terrain brûlant, et ma question est indiscrète, n'est-ce pas ? »

Elle riait ; mais je sentais dans ce joli rire tant de sympathie et d'encouragement, que je parlai malgré moi :

« Nous n'en ferons plus, dis-je en secouant la tête ; aujourd'hui, comme dit Pierre, ce sont nos adieux à la liberté. »

Ses yeux brillèrent comme si elle avait envie de rire encore, mais elle serra les lèvres et devint sérieuse.

« Comment cela ? demanda-t-elle. Pourquoi ?

— Parce que..., » répondit vaguement Pierre.

Puis sa gaieté reprenant tout à coup le dessus :

« Parce que dans huit jours le dompteur sera ici ! » dit-il malicieusement.

A notre grande surprise cette réponse sembla beaucoup l'amuser, mais pas du tout la mystifier. Pierre s'attendait à une question, elle n'en fit aucune ; elle rit seulement, et de si bon cœur, que des larmes roulèrent dans ses yeux.

Puis bientôt, nous voyant muet et bouche béante :

« Eh bien! dit-elle, mais sans la moindre gravité, parlons du dompteur si vous voulez. Est-ce un inconnu pour vous?

— Oui et non, » dit Pierre, reprenant ses esprits.

Et alors il expliqua, trop franchement peut-être, non pas qui était le dompteur, elle semblait l'avoir trop bien compris d'avance, mais notre situation, et ce qu'il pensait de Mme Delorme.

Elle écouta Pierre avec attention et sérieusement, cette fois; seulement je revis dans ses yeux ce même « quelque chose » qui m'avait déjà frappée et que je ne pouvais définir. Elle ne se moquait pas de Pierre, cela j'en étais sûre; mais que trouvait-elle en nous qui pût l'intéresser et l'amuser autant?

A cela j'eus bien vite une réponse, pas très flatteuse même. C'est qu'elle n'avait jamais rencontré d'enfants comme nous, et je me rappelai cette phrase du docteur à propos justement de l'institutrice :

« Quelqu'un pour vous tous; je lui souhaite bien du plaisir! »

C'est aussi la réflexion qu'elle se faisait sans doute.

« Allons, dit-elle avec un drôle de petit soupir quand Pierre eut dit tout ce qui pesait sur son cœur, je vois que le pauvre dompteur aura de la peine à gagner votre affection. »

Il y eut encore un silence. Pierre était redevenu mélancolique, comme *il* l'est toujours quand il pense trop à Mme Delorme; moi je regardais notre invitée, stupéfaite de la voir tout à coup si différente de ce qu'elle était il y a quelques minutes.

Appuyée à l'arbre, elle réfléchissait profondément. Ses lèvres ne riaient plus; ses paupières baissées me cachaient ses yeux. Ce n'était plus l'apparition de tout à l'heure, souriante et gaie, s'amusant de nos maladresses, et venant de si bonne grâce à notre secours; c'était une autre personne, sérieuse et grave, presque sévère, et pourtant, lorsqu'elle releva les yeux, nous regardant tour à tour, Pierre et moi, il me sembla que je l'aimais mieux encore maintenant.

« Ce n'est pas bien, dit-elle simplement, comme si elle reprenait un sermon interrompu. Pourquoi vous montrer d'avance, et de parti pris, si hostiles à ce pauvre dompteur? Vous êtes injustes, mes enfants. »

Sa voix aussi était changée; elle grondait, mais si doucement, qu'un reproche d'elle avait l'air d'une caresse, et dès le commencement; à la façon dont elle dit : « Mes enfants, » j'eus envie de pleurer.

« Et si lui vous aime déjà au contraire? s'il vient à vous de tout cœur, ne regretterez-vous pas ces mauvais sentiments? »

Je jetai un coup d'œil à Pierre. Il n'avait pas l'air révolté qu'il prend d'ordinaire, quand on le sermonne, mais seulement l'air triste et ému :

« Il ne nous aimera pas, dit-il tout bas; vous ne savez pas tout le mal qu'on lui dira de nous. »

Sans essayer de démentir cette dernière phrase, elle reprit doucement :

« Eh bien! il ne tiendra qu'à vous de le faire changer d'opinion. Vous lui permettez bien, n'est-ce pas, de supposer que vous n'êtes pas parfaits? Mais, croyez-moi, vos défauts ne l'empêcheront pas de vous aimer, si vous essayez de vous en corriger; d'ailleurs il vient ici expressément pour vous y aider, ce qui est, quoi que vous en pensiez, la meilleure raison pour lui de s'attacher à vous, et pour vous de le traiter en ami et non pas en ennemi. »

Pierre secoua la tête, l'air incertain :

« Ah ! fit-il en soupirant, si je pouvais espérer que Mme Delorme... »

Il ne put achever ; elle s'était levée, et vivement :

« Je suis persuadée que Mme Delorme est une excellente personne, s'écria-t-elle, et qu'elle ne vous fera jamais subir un discours comme celui-ci ; m'en voulez-vous beaucoup ?... »

Je mourais d'envie de l'embrasser, mais je n'osai pas le lui demander. Quant à Pierre, la voyant remettre ses gants, il prit un air désespéré, et, malgré lui, saisissant sa robe pour la retenir :

« Vous ne partez pas ? » s'écria-t-il.

Elle sourit d'un air content.

« Il le faut bien ! Mais nous nous reverrons.

— Vrai ? m'écriai-je ravie, souvent ?

— Aussi souvent que vous le voudrez.

— Oh ! ce serait toujours ! Mais resterez-vous longtemps chez vos amis ?

— Je l'espère. »

Puis, se tournant vers Pierre :

« Sommes-nous très loin de la route ? demanda-t-elle.

— Non, répondit Pierre ; mais nous allons vous escorter. »

A notre grand regret elle ne voulut pas nous

permettre de la conduire plus loin que la lisière de la forêt.

« Ici, dit-elle, je suis sûre de mon chemin. Au revoir et merci; je vous suis très reconnaissante de l'accueil que vous m'avez fait et du bon déjeuner que vous m'avez donné. »

Elle tendit la main à Pierre; puis se penchant vers moi :

« Voulez-vous m'embrasser? » dit-elle doucement.

Et je lui sautai au cou.

« Maintenant retournez à votre campement, et amusez-vous bien jusqu'à ce soir! »

Elle fit quelques pas; mais comme nous restions immobiles sur la route, la suivant des yeux, elle s'arrêta aussi, puis revenant à nous:

« Nous sommes bons amis, n'est-ce pas? dit-elle d'un ton caressant; eh bien, faites-moi une promesse... Essayez d'aimer un peu ce pauvre dompteur, voulez-vous? »

Je n'eus pas le temps de consulter Pierre; il avait déjà répondu, d'un air attendri :

« Je vous le promets. »

Mme Delorme aurait été bien étonnée de l'entendre, après tout ce qu'il en avait dit.

On m'appelle, je reprendrai cela plus tard.

8 mars.

Le campement, où nous étions si gais tout à l'heure, nous parut très triste sans elle. Le feu était éteint; Biquet prenait un air boudeur; il n'avait plus faim sans doute, ou bien il était vexé que nous l'ayons laissé tout seul. Je le caressai en passant pour le remettre de bonne humeur; puis je rejoignis Pierre, qui commençait à faire le ménage. Ce ne fut pas long; il empila tout au hasard dans les serviettes, jeta les serviettes au fond des paniers; puis, satisfait :

« C'est prêt, dit-il, que veux-tu faire maintenant?

— C'est dommage qu'elle soit partie! » fis-je pour toute réponse, d'un ton languissant.

Je pris sa place sur le petit tapis, et Pierre s'allongea par terre, en face de moi, pour causer.

Mais au bout d'un quart d'heure nous en avions assez, et il se leva.

« Voyons, dit-il, il faut nous secouer! Veux-tu faire le grand tour et rentrer par l'allée verte? C'est une bonne promenade et une jolie route. »

Une heure plus tard nous nous retrouvions à l'entrée de l'avenue, moi sur Biquet et Pierre à côté de nous; nous bavardions à qui mieux mieux; notre entrain nous était revenu pendant cette bonne course, et nous avions en tête toutes sortes de projets de promenades et de parties à faire avec « elle »; Mme Delorme le permettrait certainement, si c'était « elle » qui le demandait.

Pauvre Mme Delorme! Elle avait eu un bon avocat; Pierre, lié par sa promesse, n'en disait plus de mal, et même, par moments, il essayait d'en dire du bien.

L'avenue n'est pas bien sûre dans l'après-midi. C'est l'heure des visites, et on est exposé souvent à des rencontres; mais j'ai de bons yeux heureusement; je fais le guet de loin, et alors nous manœuvrons selon les circonstances.

L'avenue était libre cependant, et nous causions tranquillement; aussi Biquet marchait-il à sa guise, la bride sur le cou, quand je l'arrêtai brusquement.

« Quelqu'un? demanda Pierre, tournant déjà les talons. On vient?

— Oui... Non..., répondis-je après chaque question. On ne vient pas, mais ils sont dans le jardin.

— Rentrons par la ferme, alors!

— Attends, Maurice joue là, et près de lui je vois quelqu'un..., une dame. Ce n'est pas une visite; elle n'a ni chapeau ni manteau..., elle a seulement un petit châle. »

Là-dessus Pierre jette un cri :

« Mme Delorme! »

Je le regarde, effarée. Il a pâli positivement.

Biquet lui-même dresse les oreilles, moi j'essaye de douter :

« Mme Delorme! Déjà! tu es fou!

— C'est elle! J'en suis aussi sûr que si j'entendais ses explications. Elle a été libre plus tôt qu'elle ne croyait, et alors, patati... patata!... Tu verras si je me trompe! Mais vrai, Thérèse, ce n'est pas de chance! »

Sous le premier choc il oubliait un peu sa promesse. Je crus prudent de ne pas le lui faire remarquer cependant, et Mme Delorme n'eut pas d'autre bienvenue à la Pétaudière.

Quand je relevai les yeux, Maurice seul était encore visible; Mme Delorme avait disparu dans le vestibule. Pierre avançait d'assez mauvaise grâce, la tête baissée, les bras pendants; il m'aida à mettre pied à terre; puis, comme Léonard arrivait pour prendre les paniers, il laissa Biquet à sa garde, et m'entraînant dans le jardin :

« Cachons-nous jusqu'au dîner, murmura-t-il, ce sera autant de gagné. »

Mais trop tard ! La porte du vestibule s'ouvrit, et alors...

Alors nous ne fîmes qu'un bond jusque-là :

« C'est vous? criai-je, à moitié suffoquée. Vous! »

C'était le même regard malicieux, le même sourire, les mêmes joues roses. Notre apparition!

Elle nous fit une belle révérence, et, se présentant elle-même :

« Le dompteur! dit-elle de sa voix claire et gaie.

— Mais, balbutia Pierre, bouleversé de fond en comble, Mme Delorme...? »

Deuxième révérence.

« Mme Delorme vous envoie toutes ses excuses; appelée auprès d'une sœur gravement malade, elle a dû rompre son engagement.

— Et vous?... Mais non!...

— Mais si! Je viens la remplacer; en êtes-vous fâchée? »

J'étais si heureuse, que je pleurais comme une fontaine sur l'épaule de Pierre; lui, il tremblait, mais c'est sa façon de pleurer.

Elle posa une main sur la tête de Pierre, et de l'autre m'attira contre elle; alors sa voix redevenant douce et grave, comme tantôt dans le bois :

« Vous m'avez fait une promesse, dit-elle, aimerez-vous un peu votre dompteur? »

La joie, le délire de cette soirée, jamais je ne l'oublierai.

Dans ma tête c'était comme un tourbillon; je riais, et puis je me remettais à pleurer. Je remerciais le bon Dieu; je pensais à maman; j'aurais voulu embrasser papa!

Et Maurice!... Maurice sera bien dorloté; elle commence déjà, et lui, si timide habituellement avec les étrangers, vient à elle de lui-même pour se faire câliner.

Oh! comme je suis contente! encore plus que le premier soir, car voilà que tout s'organise, et je peux voir déjà les changements qu'elle va apporter dans notre vie de tous les jours.

Au premier moment je ne pouvais prévoir cela; je ne comprenais qu'une chose : par un heureux miracle notre chère apparition était à nous. Elle venait pour nous, pour nous élever, pour nous aimer... Plus de dompteur à craindre; Mme Delorme n'existait plus!

Et puis, malgré ce bouleversement de joie et de surprise, il avait fallu penser à bien des choses; nous voulions installer de notre mieux la pauvre voyageuse, qui tombait si inopinément dans notre pétaudière.

Pierre, oubliant sa résolution de ne se mêler de rien, se mêlait de tout au contraire. Rien n'était assez bien maintenant pour la grande chambre; au lieu d'enlever les dernières roulettes du vieux fauteuil, il lui remit les deux autres, qu'il trouva au fond d'une boîte; il voulut frotter le parquet lui-même avec Léonard

Elle lui offrit une place sur le canapé, et s'y assit auprès d'elle.

et épousseter avec Françoise. Je ne l'avais jamais vu dans une telle fièvre de nettoyage.

Pendant ce temps-là elle était de l'autre côté de la tourelle, chez tante Julie, qui n'avait pu la recevoir tout de suite, avec Mélanie, qui probablement lui faisait notre procès; mais, quoi que nous ayons pu craindre autrefois, nous étions bien tranquilles à présent sur le résultat de l'entrevue ; elle nous avait promis de rester notre amie malgré tout, d'oublier le passé, et de nous juger seulement d'après le présent et l'avenir.

Comme elle le disait dans le bois, « c'est à nous de la faire changer d'opinion. »

Nous avions eu tant à faire de notre côté, et elle sans doute tant à dire du sien chez tante Julie, que l'heure du dîner arriva sans qu'elle ait pu se retrouver avec nous pour nous expliquer, à notre tour, le miracle dans tous ses détails.

Elle se croyait attendue à la Jeannière, tante Marguerite ayant écrit pour annoncer son arrivée. Ici, selon toute apparence, la poste était en faute; la lettre avait dû s'égarer; nous l'avons reçue depuis, en effet. Mme Delorme avait rompu son engagement, nous le savions et nous savions aussi pour quelle cause; mais elle, comment s'était-elle trouvée si à propos à la disposition de tante Marguerite ? Qui était-elle, et quelle raison avait pu la décider à venir vivre avec nous à la Pétaudière ?

Tout cela était encore un mystère que nos plus grands efforts d'imagination ne pouvaient nous faire deviner.

Quand Marie rentra, tout étant prêt, il ne lui restait qu'à s'étonner, s'émerveiller, s'extasier, ce qu'elle fit en conscience; puis, quand elle lui fut présentée, à accueillir « notre amie », ce dont elle s'acquitta très gracieusement.

Ce fut la réception officielle. Elle la fit entrer dans le salon, lui offrit une place sur le canapé, s'y assit auprès d'elle, et là, dans toutes les règles, lui exprima ses regrets d'avoir été absente au moment de son arrivée, et (ce que nous n'avions pas su faire dans l'excès de notre joie) elle se confondit en excuses sur toutes les fautes involontaires commises ce jour-là par la pétaudière contre les lois de l'hospitalité : l'absence d'un domestique pour s'occuper de ses bagages à la gare, la course à pied, la chambre pas prête, etc.

Mais, avec un sourire d'intelligence à notre adresse, elle assura qu'elle avait fait une promenade délicieuse, et qu'elle n'aurait pu rêver un meilleur accueil que celui qu'elle avait reçu à la Jeannière.

A ce moment une idée me vint. Savait-elle par hasard qui nous étions, quand elle avait accepté notre déjeuner? Je le lui demandai aussitôt.

Elle se mit à rire, et avoua qu'elle nous avait, en effet, reconnus au premier regard.

« Reconnus?... répéta Pierre ébahi; mais..., vous ne nous connaissiez pas?

— Oh! que si... de réputation, et beaucoup mieux que vous ne le croyez; et puis on m'avait donné votre signalement et celui de votre sœur.

— Oh! s'écria Pierre, je devine : pour Thérèse, une tête ébouriffée, les yeux noirs, le nez en l'air; pour moi, idem, avec moins de cheveux, et, pour nous deux, signe particulier : manque de tenue et même de propreté. C'est bien cela, n'est-ce pas? »

Elle ne put dire non, c'était trop exact.

« Allons, continua Pierre, je vois que tante Marguerite vous a mise au courant de bien des choses. Ce qui m'étonne, c'est que, sachant ce qui vous attendait ici, vous ayez accepté ses offres. »

Maurice venait de grimper sur ses genoux, elle embrassa doucement ses cheveux, puis sans relever la tête :

« Vous renversez les rôles, dit-elle; c'est votre tante qui a accepté, et moi qui ai offert. »

Et comme nous la regardions, stupéfaits, presque incrédules :

« Votre tante vous a-t-elle parlé de Nathalie Hévin? demanda-t-elle.

— La filleule de maman! s'écria Marie, qui peut mieux que nous se rappeler les choses du passé; j'aurais dû vous reconnaître; votre portrait est dans un de nos albums, seulement...

— Seulement le portrait est vieux de dix ans, reprit-elle avec un sourire; j'avais quinze ans alors, mais j'ai changé depuis, et maintenant c'est moi qui suis vieille. »

Vieille!... Je me penchai pour mieux l'examiner; elle ne ressemblait plus du tout, en effet, à son ancien portrait, mais elle avait l'air aussi jeune que Marie.

Me voyant si près d'elle, elle passa son bras autour de moi, et j'appuyai ma joue sur son épaule.

La filleule de maman! Ce n'est plus une étrangère.

« Vous voyez, reprit-elle, comme si elle avait eu la même pensée que moi, je suis un peu de la famille. Et puis j'aimais votre mère comme si elle avait été la mienne; elle a été si bonne pour moi! A deux ans j'étais orpheline, et votre mère, une toute jeune fille pourtant à cette époque, s'est occupée de moi comme une sœur aînée, jusqu'au moment où mon grand-père m'a mise en pension. Depuis je l'ai bien peu vue; mon grand-père s'était retiré en Bretagne, où il avait une propriété, et je suis venue une seule fois à Paris depuis le mariage de votre mère; elle-même y était rarement; elle suivait votre père partout où l'appelaient ses travaux. Plus tard enfin mon grand-père étant devenu infirme, je ne pouvais plus le quitter. Mais je n'ai jamais oublié ce que votre mère a été pour moi, et je n'ai jamais cessé de l'aimer.

— Et maintenant? dis-je tout bas.

— Maintenant je n'ai plus mon pauvre grand-père; c'est un de mes cousins qui habite la propriété, et j'ai quitté la Bretagne, il y a un an, pour venir aux environs de Paris, chez une vieille parente que je connaissais à peine, mais qui aimait beaucoup ma grand'mère autrefois. C'est là que j'ai revu Mme d'Aubenel; nous avons parlé de votre mère, et tout de suite nous sommes devenues bonnes amies.

« Elle m'avait aussi beaucoup parlé de vous tous; et voilà comment, il y a quelques jours, quand je l'ai vue si préoccupée de votre situation, après la rupture de Mme Delorme, l'idée m'est venue que je pourrais vous être utile. J'étais libre, ma vieille parente n'ayant aucun besoin de moi; j'ai donc proposé à votre tante de venir remplacer Mme Delorme, et... et me voilà! » conclut-elle brièvement après une seconde d'hésitation.

Quand la lettre de tante d'Aubenel arriva, je compris pourquoi elle avait coupé si court à la fin de ses explications; mais ce qu'elle n'avait pas voulu dire, tante Marguerite nous l'écrivait longuement, pour que nous sachions bien, disait-elle, toute l'affection et la reconnaissance que nous devions montrer à sa chère Nathalie.

Elle venait ici, non pas en qualité d'institutrice, mais pour être auprès de nous ce que notre pauvre mère avait été pour elle, une seconde mère.

Pour entreprendre cette œuvre difficile, pour se dévouer complètement à nous, elle renonçait, sachant bien ce qu'était la Jeannière, à toutes les habitudes de confort, de luxe même, dans lesquelles elle avait vécu jusqu'à présent; elle faisait le sacrifice de sa liberté, d'une vie douce et facile au milieu d'amis qui l'adoraient; elle venait vivre avec nous, prête à remplir les nombreux devoirs qu'elle se créait, à supporter tous les ennuis, toutes les fatigues de sa nouvelle situation.

C'était une existence si différente de celle qu'elle voulait quitter, que tante Marguerite avait refusé d'abord sa proposition; mais elle avait insisté avec tant de chaleur et si longtemps, qu'il avait fallu à la fin la laisser libre d'agir selon son cœur, et maintenant...

Maintenant nous serons heureux, et ce sera comme si notre chère maman était encore là pour nous aimer et nous rendre bons, puisque c'est elle qui nous envoie cet ange gardien.

9 mars.

Quel changement en si peu de jours! La pétaudière devient méconnaissable; d'abord ce n'est plus une pétaudière. Les pendules marchent et les heures sonnent, réglant notre temps « minute par minute », comme disait Pierre; mais qui songe à s'en plaindre? Tout est plaisir maintenant, tout se fait sans qu'on s'en doute; plus de scènes, plus de désordres; voilà le chaos débrouillé!

Tante Marguerite doit venir dans quelque temps, et je suis impatiente de la faire entrer dans le vestibule. Plus de vieux manteaux à dissimuler sous la table; la banquette est libre : défense expresse d'y laisser traîner le plus petit vêtement; les chapeaux de jardin seulement sont tolérés dans le coin le moins visible du porte-manteau. Plus trace de souliers boueux sur le parquet, plus de poussière; Léonard..., ce brave Léonard, j'ai envie de rire chaque fois que je le rencontre; il me fait l'effet d'un poisson qu'on vient de remettre dans l'eau après un séjour sur la paille.

Depuis longtemps il avait jeté le manche après la cognée, et faisait sa besogne de tous les matins d'un air découragé qui semblait dire :

« A quoi bon ? dans une heure il n'y paraîtra plus ! »

Maintenant il ne marche plus, il frétille. Si c'était possible, il aurait l'air plus heureux que nous ; il travaille, le sourire aux lèvres, l'air fier et important, avec cette belle ardeur qu'on ne lui voyait autrefois qu'aux rares apparitions de tante d'Aubenel.

« Voyez-vous, disait-il hier à Françoise en s'épongeant le front à deux mains après avoir dansé pendant plus d'une heure sur ses brosses, je passerais les nuits plutôt que de ne pas tenir la maison à son goût. »

Je crois bien ; quand il parle de « mademoiselle Hévin », il semble prêt à se prosterner. C'est que, dès le premier jour, il a entendu du salon un petit discours que marraine nous adressait dans le vestibule, en nous faisant ranger le fameux portemanteau.

Nous l'appelons marraine parce qu'elle était la filleule de maman, et que nous l'aimons trop pour l'appeler « Mademoiselle ».

Dans ce discours donc, marraine, à la grande satisfaction de Léonard bien certainement, nous rendait responsables de la mauvaise tenue de la Jeannière. Au premier abord je ne trouvai pas cela absolument juste, et j'essayai de protester.

« Pourtant, dis-je, ce n'est pas notre affaire de balayer et d'épousseter la maison !

— Non, sans doute ; mais c'est votre affaire de salir le moins possible ce qui est propre, de déranger le moins possible ce qui est rangé, d'encombrer le moins possible de vos affaires tous les meubles et tous les coins ; vous sentez-vous la conscience bien à l'aise sur tous ces points ? »

Trouvant son opinion déjà plus juste, je n'osai rien répondre ; mais elle répondit pour nous :

« Non, n'est-ce pas ? Vous apportez avec la même indifférence la boue ou le sable du jardin dans le vestibule ou l'escalier, voire même sur le tapis du salon ; votre parapluie vous gêne ? c'est bientôt fait : le voilà sur une table ou sur une chaise ; vous quittez votre chapeau ? le voilà sur la banquette, votre manteau par-dessus, et vous retournez jouer et courir, le cœur léger. J'ai aperçu, en entrant dans le salon pour la première fois, une cravate bleue au fond d'un cache-pot, dans un coin. J'en avais déjà rencontré une rouge quelque part, sous l'escalier peut-être, avec une paire de gants.

— Une cravate bleue !... cria Pierre vivement ; elle me manque depuis plus de quinze jours ; je ne pouvais pas remettre la main dessus !

— Ce n'est pas étonnant, reprit marraine au milieu d'un rire général; je vous la rendrai, et la rouge aussi; mais avec ce joli système, comment voulez-vous qu'un domestique suffise à la besogne? C'est impossible; il y perd sa peine (Léonard devait rire de joie dans sa barbe) et vous voyez bien que c'est votre faute si la maison n'est pas tenue comme elle devrait l'être. Aussi, reprit marraine gaiement, après le discours la réforme, ou bien que désormais chaque grain de poussière retombe sur vos têtes coupables! »

C'est alors que nous avons entrepris les grands travaux de déblayage au rez-de-chaussée. Depuis, un règlement a été fait, et les contraventions seront punies non pas de mort, comme le proposait Pierre, mais de différentes peines, suivant la gravité du cas.

Ce n'est pas tout; ma chambre a eu son tour. Hier déjà marraine avait jeté, en passant, un coup d'œil dans mon domaine, mais Françoise et Léonard en sortaient, et c'était à moitié présentable, tandis que ce matin... Là, toute seule, je rougis encore de l'état où elle était quand marraine y est entrée.

Les couvertures de mon lit, rejetées de côté, en gros paquet, le bout de mon drap traînant à terre sur le tapis; un de mes souliers sur la commode, l'autre sur la table; ma robe et tous mes effets en monceau sur une chaise, mon peigne et ma brosse sur une autre, avec une serviette de toilette toute mouillée par-dessus; mon chapeau, pendu par le caoutchouc à l'espagnolette de la fenêtre; dans un coin, mon parapluie, mon ombrelle et deux grands bâtons à Pierre; par terre, des chaussures renversées, de vieux cahiers, des chiffons, mon panier à ouvrage avec son couvercle à moitié détaché : c'est le plus souvent l'aspect de ma chambre, et je ne m'en suis jamais beaucoup souciée; mais aujourd'hui!... devant elle!...

Je n'oublierai jamais son premier mouvement, quand elle est entrée. C'était de l'horreur. Elle a d'abord reculé comme si le courage lui manquait; mais, prenant une grande résolution, elle s'est avancée, a refermé la porte, et, s'y appuyant, faute de chaise, elle a regardé autour d'elle.

« Oh! Thérèse! »

Elle ne dit pas autre chose; mais je me sentis si honteuse, que je n'osai pas rencontrer ses yeux, et, cherchant une excuse :

« Ma chambre n'est pas faite, murmurai-je sottement.

— C'est visible; mais, faite ou non, comment avez-vous pu la mettre dans un tel état, et comment pouvez-vous vivre au milieu d'un pareil désordre?

— Françoise va ranger tout cela, repris-je tête basse.

— Françoise ?... Mais ce n'est pas son affaire ; avez-vous oublié déjà mon beau discours ? Vous êtes bien assez grande pour mettre vous-même votre chambre en ordre.

— C'est si ennuyeux !

— Ennuyeux ? » répéta-t-elle, l'air étonné.

Puis, faisant un pas vers la commode, elle prit mon soulier, délicatement, du bout des doigts, et riant :

« Vous avez pourtant sur vos meubles un choix de bibelots assez curieux ; dit-elle ; j'ai vu dans ce genre au musée de Cluny...

— Oh ! marraine, je vous en prie, je l'avais posé là seulement... parce que..., pour...

— Parce que son camarade ornait déjà la table, n'est-ce pas ?

— Parce que le lacet est cassé, repris-je d'un ton larmoyant ; j'ai cherché partout un galon noir (et je montrai du doigt mon tas de chiffons), mais je ne peux pas en trouver. Je n'ai rien de ce qu'il me faut, et c'est en cherchant toujours que je bouleverse tout, et que tout se met en désordre. »

Elle ne riait plus.

« Pauvre petite Thérèse ! dit-elle doucement, vous ne manquerez plus de rien, je vous le promets ; mais vous me donnez là une mauvaise excuse. Si vous ne gâchiez pas tout ce qu'on vous donne, vous auriez tout ce qu'il vous faut ; si vos affaires étaient en ordre, vous sauriez où les trouver tout de suite, vous n'auriez jamais besoin de tout bouleverser pour les chercher. Conclusion : le désordre donne bien plus de peine et d'ennui que l'ordre, et vous ne savez pas ce que vous dites. »

Je la regardai. Elle le sait bien, elle : même en robe de chambre elle paraît en toilette; elle se coiffe dès le matin, et, jusqu'au soir, ses cheveux ne se dérangent pas. Comment s'y prend-elle ? Ses robes n'ont pas une tache, pas un accroc. J'étais là quand elle a ouvert ses malles : en deux heures tout a été déballé, secoué, rangé; les caisses vides emportées au grenier, ses bibelots placés sur le vieux bahut et sur les tables ; la grande chambre est transformée; elle est bien plus jolie maintenant que la chambre d'honneur, et je suis sûre que tante Marguerite l'habiterait avec plaisir.

Je pensais à tout cela en la regardant, et je me répétais : Comment s'y prend-elle ? Si elle voulait m'apprendre ? si elle voulait m'aider un peu ?

Je n'eus pas besoin de le lui demander; toujours elle devine ce que je pense pour venir à mon secours. Depuis un instant elle m'examinait; alors se mettant à rire :

« Vous avez l'air très repentant, dit-elle, cela me donne bon espoir. Trouveriez-vous vraiment trop ennuyeux de ranger votre chambre avec moi ?

— Avec vous, je rangerais la maison depuis le grenier jusqu'à la cave, et ce ne serait pourtant pas un petit travail, je vous assure !

— Nous y viendrons, dit-elle; mais commençons par le plus pressé. »

Elle m'aida à m'habiller, et ce fut un peu long, car elle voulut absolument recoudre tous les cordons, crochets et boutons qui manquaient partout; puis elle me coiffa elle-même, et ce fut encore plus long. Depuis que Mélanie n'a plus le temps de s'occuper de moi, j'arrange mes cheveux comme je peux, et ce n'est jamais bien. Ils étaient tout emmêlés, et la pauvre marraine eut bien de la peine à les débrouiller pour faire ma tresse. Elle ne me gronda pas pourtant.

Elle comprend bien que ce n'est pas ma faute si je me coiffe mal; j'ai trop de cheveux, et personne pour m'aider et m'apprendre. Mais elle, quelle peine elle se donnait pour moi! Oh! si j'avais eu une grande sœur comme elle, complaisante et bonne! Si Marie!... Mais je ne veux pas penser à cela, je ne veux pas faire de comparaisons.

Quand je fus prête, marraine me fit mettre un grand tablier.

« Maintenant, dit-elle, à l'œuvre! »

Elle ne me fit grâce de rien. Les tiroirs, les cartons, les planches, tout y passe. A présent mes robes s'étalent dans l'armoire comme une rangée de belles dames; mon chapeau est dans son carton sur une planche; mon ombrelle et mon parapluie, dans le dernier tiroir de la commode. Chacun dans sa maison.

Autrefois je n'avais jamais assez de place, maintenant j'en ai de reste.

Je commençais à mettre en belles piles mes livres et mes cahiers sur la table, quand Pierre frappa à ma porte.

« Thérèse, cria-t-il, que deviens-tu? Je t'attends depuis... »

Mais, étant entré, il s'interrompit brusquement, me regarda, et, stupéfait :

« Tu ranges?... » fit-il.

Puis, apercevant marraine :

« Ah!... je comprends, toujours la réforme! s'écria-t-il en riant; ce n'est pas une petite affaire, ici, dites, marraine?

— Et chez vous? » demanda-t-elle en riant aussi.

Il rougit un peu.

« Oh! chez moi, c'est un vrai capharnaüm; je n'ai jamais le temps de ranger. »

Elle lui jeta un regard malicieux.

« Vraiment? Mais je vous entends jouer dans le jardin tous les matins avant l'heure des devoirs! »

Pierre ne put s'empêcher de rire, et faisant une grimace :

« Pincé! dit-il; mais avouez, marraine, que ce serait dur de passer toute sa récréation à mettre ses affaires en ordre.

— Très dur, je l'avoue; si dur que je ne vous demanderai jamais ce sacrifice, parfaitement inutile d'ailleurs.

— Ah! dit Pierre triomphant, nous finirons par nous entendre.

— Je l'espère; mais, attendez... Si je vous demandais cependant un petit sacrifice?

— Aïe! fit Pierre gaiement.

— Dix minutes, par exemple, de cette chère récréation, me les donneriez-vous? »

Pierre la regarda un instant avant de répondre.

« Le demandez-vous sérieusement, marraine?

— Très sérieusement.

— Eh bien, je vous les donne, dit-il sans rire; je prendrai tous les matins dix minutes pour ranger ma chambre avant de la quitter; est-ce cela que vous voulez?

— C'est cela, et je vous remercie, vous êtes un bon petit garçon!

— Oh! fit Pierre tout embarrassé, ne me remerciez pas. Si vous m'aviez demandé toute ma récréation, je vous l'aurais donnée tout de même; je n'aurais pas pu vous la refuser. »

Sans rien dire elle embrassa Pierre, puis se tournant vers moi :

« Et vous, Thérèse, dit-elle, signez-vous aussi notre pacte?

— Des deux mains, m'écriai-je; mais croyez-vous qu'en dix minutes...?

— C'est plus de temps qu'il ne vous en faudra, si vous remettez chaque chose à sa place après vous en être servi; essayez, c'est une si bonne habitude à prendre! »

Pour le premier jour cependant j'offris mon aide au pauvre Pierre; il ne s'en serait jamais tiré tout seul.

« Ouf! dit-il quand ce fut fini, quelle corvée! J'espère n'avoir pas souvent à la recommencer.

— Jamais, criai-je vivement, puisque tu rangeras tout à mesure; c'est convenu, tu sais. »

Pierre hocha la tête :

« Sans doute, dit-il, mais ce n'est pas si facile que tu crois de prendre de bonnes habitudes, et j'ai peur que malgré nous...

— Pourtant, repris-je un peu inquiète, tu essayeras, dis, Pierre, pour lui faire plaisir. Elle aime tant l'ordre et la propreté! Elle m'a dit qu'elle ne pourrait vivre heureuse dans une maison mal tenue.

— Ah! fit Pierre avec intérêt, elle t'a dit cela? Alors il faut essayer coûte que coûte, quand cela prendrait dix fois plus de temps, quand cela serait encore dix fois plus ennuyeux; surveille-moi, Thérèse. »

Là-dessus j'éclatai de rire.

« Mon pauvre Pierre, m'écriai-je, tu t'adresses bien. Non, non, j'ai trop à faire chez moi pour me mêler de corriger les autres; c'est avec marraine qu'il faut t'arranger; demandons-lui de venir inspecter nos chambres une fois par semaine, le samedi, par exemple. »

C'était une bonne idée.

Marraine a accepté le titre et les fonctions de dame inspectrice, que Pierre lui a respectueusement proposés, mais avec une réserve.

« Le jour de l'inspection ne sera pas fixé d'avance, dit-elle; je demande le droit de tomber chez vous à l'improviste.

— Accordé! cria Pierre plein d'ardeur; cela va bien mieux nous tenir en haleine! »

Me voilà très curieuse de juger maintenant de nos propres progrès.

11 mars.

Ce n'est plus Marie qui préside la table; dès le premier jour, cédant de bonne grâce le pas à marraine, elle a repris son ancienne place.

Léonard apporte un peu plus de cérémonie dans le service; Pierre ne fait plus de grimaces, et Maurice apprend à se tenir mieux, mais c'est le seul changement dans nos repas, et l'intimité n'y perd rien; nous sommes plus gais, plus bavards encore que par le passé, et je vois avec plaisir que Pierre conserve son bel appétit, très menacé, prétendait-il, par l'attente du dompteur sous les traits de Mme Delorme.

Ce matin, quand il est descendu pour déjeuner, il était si pomponné, si bien cravaté, que Maurice a eu un moment d'extase :

« C'est fête ? a-t-il demandé en le montrant du doigt.

— Oh ! oui, Maurice; c'est fête tous les jours ici maintenant, et nous serons tous les jours plus heureux ! »

En entrant à son tour dans la salle à manger, marraine eut aussi un mouvement de surprise devant la cravate bleue, puis elle se tourna de mon côté, et voyant que tout était en ordre dans ma toilette, elle sourit avec satisfaction.

« Que vous êtes jolis, que vous me semblez beaux! fit-elle gaiement; c'est d'autant mieux, que j'ai un projet pour tantôt. Thérèse doit une visite à M. le curé, pour le remercier de ses leçons et l'avertir que je vais le remplacer, et, si M. du Corbeau veut bien être notre cavalier, nous irons aujourd'hui avec lui.

— Quelle chance! cria Pierre, flatté et ravi.

— Nous prendrons la petite charrette, m'écriai-je en même temps, et pour revenir... Savez-vous conduire, marraine?

— Assez pour mener Biquet, dit-elle en riant, mais je vous laisserai ce plaisir. »

Léonard fronçait ses gros sourcils: une voiture à âne pour Mlle Hévin! Il jugea sans doute cette proposition très impertinente, car prenant la parole:

« La charrette n'est pas très confortable, » dit-il d'un ton respectueux.

Mais, le remerciant d'un de ses jolis sourires, marraine l'eut bientôt rassuré.

« N'importe, dit-elle; en Bretagne j'ai circulé bien souvent en carriole, même l'hiver. »

Ah! la chère marraine! Bien sûr, elle n'est pas princesse, et je parierais bien qu'elle n'a jamais ses nerfs, elle, quelque temps qu'il fasse et quoi qu'il arrive!

Elle s'était chargée de quatre ou cinq courses pour Mélanie et Françoise; aussi sommes-nous partis tout de suite après le déjeuner, tous les trois, gais comme des pinsons, et Biquet fier comme un roi.

Je croyais faire mes adieux d'élève à M. le curé, mais il a décidé avec marraine qu'il me ferait subir un examen général à la fin de chaque mois; elle lui a demandé comme une faveur de diriger encore mes études, parce que, a-t-elle dit, elle n'a pas l'habitude de l'enseignement, et qu'elle craint de faire fausse route.

M. le curé paraissait, au contraire, très rassuré.

« Ne soyez pas si modeste, a-t-il dit en souriant, je sais à quoi m'en tenir là-dessus; dans sa dernière lettre, qui m'annonçait votre arrivée, Mme d'Aubenel me raconte bien des choses, et ces enfants doivent bénir la Providence qui leur donne une amie comme vous! Vous leur ferez beaucoup de bien, et ce sera votre récompense.

— Ma récompense! s'écria-t-elle, mais je n'ai droit à aucune récompense; j'aime beaucoup la campagne et j'adore les enfants : deux bonnes raisons pour moi d'être très heureuse à la Jeannière! »

Et là-dessus elle se sauva, sous prétexte d'aller voir le jardin que Mlle Guellec avait offert de lui montrer.

Moi je n'étais pas convaincue; je me rappelais trop bien la lettre de tante d'Aubenel pour me laisser prendre à ces deux belles raisons, et je vis bien que M. le curé était aussi incrédule que moi.

« Ce n'est pas pour cela qu'elle est venue, n'est-ce pas, monsieur le curé? dis-je aussitôt que marraine fut sortie; nous savons bien que c'est par dévouement, seulement elle ne veut pas le dire, parce que... »

Je m'arrêtai, embarrassée, et M. le curé sut, mieux que moi, expliquer ce que je pensais.

« Parce qu'elle a la vraie abnégation, dit-il en souriant, l'abnégation aimable; parce qu'elle sait s'oublier pour les autres de tout cœur, sans laisser voir l'effort du sacrifice.

— Mais croyez-vous, monsieur le curé, qu'elle puisse être cependant heureuse avec nous?

— Cela dépendra de vous, mes enfants. »

Je compris ce que M. le curé voulait dire, et Pierre aussi. Mais je n'ai pas peur. Cela nous est si facile d'être sages, depuis que marraine est là!

M. le curé nous lut dans un petit coin la lettre de tante Marguerite.

On ne s'en douterait pas, à la voir si simple et si gaie, sans lunettes et sans pointe de dentelle, mais marraine est une savante. Elle a ses diplômes, et je suis sûre qu'elle en remontrerait à Mme Delorme. Tante Marguerite explique en détail à M. le curé tout ce qu'elle sait faire, et comment c'était elle qui dirigeait, depuis des années, la maison de son grand-père, et combien elle a été dévouée pour lui, quand il est devenu infirme, ne voulant jamais le quitter, parce qu'il ne se trouvait bien soigné que par elle.

Quand M. le curé referma la lettre, je la lui demandai pour la montrer à Marie; il faut qu'elle connaisse marraine aussi bien que nous!

Cette fois, en remontant dans la petite charrette, je n'enviais pas le sort de Pierre, comme le jour de ma première leçon. Je ne trouvais plus du tout triste de rentrer à la Jeannière.

Marraine ne voulait d'abord pas conduire; mais je la suppliai de prendre les rênes un instant pour flatter Biquet, et elle y consentit à la fin.

Biquet, reconnaissant, prenait sa plus belle allure et avait l'air très fringant; quand le docteur nous croisa dans sa voiture sur la route, il nous regarda d'un air intrigué qui m'amusa beaucoup.

Oui, monsieur le docteur, c'est lui-même, le dompteur que vous plaigniez tant d'avance! Vous avez pu voir qu'il ne paraissait pas si malheureux après tout, et que nous nous entendions assez bien, Dieu merci!

13 mars.

Nous étions trop calmes; cela ne pouvait durer, et nous voilà en pleine émeute. Quand je dis « nous », c'est par habitude, car cette fois Pierre seul est en cause: Pierre et son chapeau.

Ce pauvre chapeau a fait tout l'hiver un rude service; qu'il pleuve, neige ou grêle, Pierre ne prend pas de parapluie, et pour cause. Depuis longtemps le sien n'a plus que trois baleines et la moitié du manche, donc il s'en passe. Il s'abrite comme il peut, en baissant les bords de son chapeau, le lance en rentrant au portemanteau, pour le reprendre, sec ou non, quand il en a besoin, et cela dure depuis le commencement de l'hiver; aussi le feutre est-il un peu fatigué.

« Raison de plus pour le ménager, » dit Mélanie.

C'est possible; par malheur Pierre n'a pas

su se faire ce raisonnement. Hier, un chien étranger est entré dans la cour à la poursuite d'une de nos poules ; aussitôt voilà Pierre en chasse, criant, gesticulant des bras et des jambes, pour effrayer le braconnier. Lion se serait sauvé à toutes pattes, je le connais ; mais ce chien-là était un brave ; malgré cris et signaux, il se jette sur la poule et ne veut pas lâcher prise.

Pierre n'avait ni bâton ni fouet, mais il avait son chapeau malheureusement.

« Attrape ! » Et voilà le chapeau à travers la cour.

Le chien détale en hurlant ; la poule se secoue, saine et sauve, et Pierre court fièrement reprendre son bien.

J'arrive sur ces entrefaites pour féliciter le vainqueur, quand je le vois faire tout à coup une très piteuse grimace : son doigt venait de passer par une fente, entre le bord et la calotte du chapeau.

« Ce n'est rien, dis-je vivement ; je vais l'attacher avec une épingle, cela ne se verra pas. »

Et voilà Pierre tout consolé.

Mais aujourd'hui la crevasse s'est agrandie beaucoup, et Pierre a déclaré qu'il lui fallait un autre chapeau.

Nous étions seuls ; marraine, qui a fait la

connaissance de nos aimables voisins, déjeunait au Petit-Gué, avec Marie ; Pierre a donc été forcé de s'adresser à Mélanie. Comme toujours Mélanie s'est fâchée, l'a grondé pour son manque de soin, et j'ai vu, dès le commencement, que cela finirait mal ; les lèvres de Pierre remuaient pendant le sermon, et c'est un mauvais signe.

« Vous usez le double de ce qu'usent les autres enfants, dit Mélanie, parce que vous ne soignez pas vos affaires. »

C'est vrai, car marraine nous le dit aussi ; mais quand ce serait encore plus vrai, Pierre n'en avait pas moins besoin d'un autre chapeau, et Mélanie refusait de lui en acheter un.

« Voilà l'hiver fini, dit-elle ; je raccommoderai celui-là, et vous pourrez le porter quelque temps encore. »

Là-dessus, Pierre, déjà très agacé, entra dans une de ses grosses colères et commença à crier :

« Que papa ne lui permettrait certainement pas de sortir avec un pareil chapeau ; qu'il ne défendait bien sûr pas de nous acheter tout ce qui nous était nécessaire..., et de quel droit alors Mélanie s'y refusait-elle ? Et pourquoi étions-nous toujours habillés comme des mendiants ? »

Il criait de plus en plus, ses veines se gonflaient sur ses tempes ; il était très rouge et ses yeux brillaient tellement, que je me sentis trembler.

« D'ailleurs, conclut-il enfin, hors de lui, vous n'êtes pas la maîtresse ici, et je ne remettrai pas une seule fois cette vieille loque sur ma tête !

— C'est ce que nous verrons ! dit Mélanie.

— Vous allez le voir tout de suite ! »

Il prit son chapeau à deux mains, et crac ! la calotte vola d'un côté et le bord de l'autre.

Il y eut une seconde de silence ; Pierre et Mélanie se regardaient, et ils se faisaient des yeux si méchants, que j'eus peur.

« Va-t'en ! » criai-je en poussant Pierre.

J'aurais voulu l'excuser, les calmer tous les deux ; mais c'était bien vilain, ce mouvement de colère, et je ne trouvais rien à dire ; enfin je balbutiai :

« Vous savez, Mélanie, quand il est en colère, il ne sait plus ce qu'il dit et ce qu'il fait ; mais vous lui achèterez un chapeau et... »

Mélanie m'interrompit :

« Je ne suis pas la maîtresse, dit-elle d'un ton glacial ; que M. Pierre écrive à son père, et, quand j'en recevrai l'ordre, j'achèterai un chapeau. »

Et elle sortit majestueusement.

Qui fut penaud? c'est M. Pierre.

Le voilà bien avancé, me dis-je en moi-même; mais je me gardai bien de rien dire tout haut. Il n'était plus en colère, mais il avait

« Attrape! » Et voilà le chapeau à travers la cour.

encore cet air moitié vexé, moitié honteux, qu'il a toujours après ses mouvements de violence, et il ne fait pas bon lui parler dans ces cas-là.

Je me baissai, et, ramassant les deux lambeaux de feutre, je les ajustai l'un sur l'autre, pour voir s'ils pouvaient être recousus; mais Pierre devina mon intention.

« C'est inutile, dit-il d'un ton brusque, je ne le remettrai pas. »

Alors je me risquai timidement à le raisonner.

« Mais, Pierre, tu n'en as pas d'autre! Tu ne veux pas, tu ne peux pas sortir nu-tête!

— Pourquoi pas? dit-il de son air le plus entêté; je le ferai, au contraire, pour que tout le monde sache bien où nous en sommes réduits et de quelle façon Mélanie nous traite. J'irai à ma leçon sans chapeau, aujourd'hui même! »

Pierre était injuste. Ce n'est pas la faute de Mélanie s'il a jeté son chapeau sur le chien, à ses risques et périls, et s'il l'a déchiré ensuite dans ce bel accès de fureur; mais ce n'était pas le moment de le lui démontrer.

« Oh! Pierre, dis-je seulement, je t'en prie, pas d'extravagance! M. le curé te demandera des explications, et... tu sais, mon pauvre Pierre, il ne t'approuvera pas, tu peux y compter. »

Il me regarda piteusement :

« Que veux-tu que je fasse pourtant? Je ne peux pas porter un chapeau en deux morceaux, la calotte sur la tête et le bord autour de mon cou comme un collier? »

Je faillis éclater de rire à cette idée; mais il

avait l'air si malheureux, que je fis mon possible pour rester sérieuse.

« Pourquoi l'as-tu déchiré? » fis-je doucement.

Pierre haussa les épaules, mais il ne put s'empêcher de rougir un peu.

« Cette question ! fit-il à demi-voix, tu sais bien que j'étais en colère. »

Ce n'était pas une très bonne excuse, pourtant je n'osai pas le lui dire, de peur de le fâcher encore ; du reste je crois qu'il se faisait intérieurement la même observation, car le rouge monta tout à coup jusque dans ses cheveux; mais refusant comme toujours d'avouer ses torts :

« Pas de morale, dit-il vivement pour m'empêcher de parler; ce qui est fait est fait; je n'ai plus de chapeau, je m'en passerai, voilà tout !... »

C'est ce que je ne voulais pas justement, car il avait beau faire le fanfaron, je savais qu'au fond cela devait l'ennuyer encore plus que d'avoir à mettre un chapeau raccommodé.

« La colère est mauvaise conseillère. »

Pierre devrait bien méditer cet exemple d'écriture, que nous avons copié si souvent.

Tout en le méditant moi-même, je courus à la recherche du brave Léonard. C'est toujours lui qui nous tire d'embarras, mais dans cette circonstance je doutais un peu de son pouvoir.

« C'est un cas désespéré, me disais-je, Mélanie ne cédera pas, et Pierre ne voudra pas céder non plus ; comment sortir de là ? »

Cependant hourra pour Léonard ! il en est sorti victorieusement. Sans m'attendre (il a décidément bien mauvaise tête, mon pauvre frère), Pierre partait pour sa leçon sans chapeau, comme il l'avait dit, et nous voilà courant après lui, Léonard et moi, l'appelant à l'unisson; mais, comme il ne voulait pas se retourner, je criai enfin de toutes mes forces :

« Pierre, attends-nous, voilà un chapeau ! »

Cette fois, non seulement il se retourna, mais il revint sur ses pas au-devant de nous.

« Voyons-le ! » dit-il.

Rien au monde ne le lui ferait avouer, mais il était ravi de notre intervention.

« C'est votre chapeau de paille de l'été dernier, dit Léonard en le lui mettant ; fort heureusement je le gardais sous clef, le trouvant encore bon. Comme il est brun, vous pouvez très bien le porter, le soleil va devenir chaud.

— Je crois bien, s'écria Pierre en riant, et me voilà à l'abri des insolations et des rhumes de mars ! Merci, Léonard, vous avez toujours de bonnes idées ; ce n'est pas comme Mélanie ! »

Puis ôtant son chapeau pour l'examiner :

« Allons, dit-il, riant toujours, la saison s'annonce bien, je vais ramener les hirondelles ! »

Je me mis à rire aussi; j'étais contente de voir la question si heureusement résolue.

Avant de nous quitter, Pierre m'embrassa : c'est sa façon de me faire des excuses, car il sait combien ses excès de colère me tourmentent et me rendent malheureuse, et c'est le seul moment où j'ose le gronder un peu.

« C'est égal, Pierre, dis-je tout doucement, sans Léonard... »

Mais il n'était pas si apaisé que je me l'imaginais, car il m'interrompit brusquement :

« Sans Léonard, répéta-t-il, et sans toi, je quitterais la maison, je me sauverais la nuit; je ne sais pas ce que je ferais! Tais-toi, ne me parle plus de tout cela, ne me parle plus de Mélanie! Je deviendrais enragé, je commence déjà. »

Et là-dessus il partit en courant.

Nous revenions lentement à la maison, car nous étions essoufflés, Léonard et moi; je pensais à ce qui venait de se passer, et une crainte me prit tout à coup.

« Léonard, dis-je, croyez-vous que Mélanie se fâchera?

— Pourquoi, Mademoiselle?... Oh! parce

que j'ai donné un autre chapeau à M. Pierre? Ne vous inquiétez pas de cela, je m'en arrangerai avec elle. »

Mon pauvre Pierre! je ne veux pas l'excuser; je sais qu'on ne peut rien tirer de lui quand il est dans ses mauvaises quintes, mais il est toujours si exaspéré contre Mélanie, que la moindre chose le met hors de lui. Je serais bien contente si nous n'avions plus jamais affaire à elle, si marraine nous prenait tout à fait.

Autrement qu'allons-nous devenir! Marraine n'aimera plus Pierre; elle le croira méchant, et alors elle sera forcée de se montrer sévère pour lui; il faudra bien qu'elle le mette à la raison, mais nous aurons encore de sottes histoires, j'en ai peur.

17 mars.

J'ai pleuré aujourd'hui pour la première fois depuis l'arrivée de marraine, et j'ai même le cœur très gros encore, quoique la paix soit conclue pour toujours.

Je m'en veux d'autant plus, que cette fois la pauvre Marie a eu réellement du chagrin, et qu'elle a beaucoup pleuré, elle aussi.

Marraine a eu fort à faire entre nous deux,

et j'espère que nous ne lui donnerons pas souvent des représentations de ce genre.

Si je ne m'étais pas tant moquée des gens qui ont « leurs nerfs », je dirais que j'avais les miens ce matin. Il est dur de s'accuser; pourtant je dois reconnaître que j'étais mal disposée depuis mon réveil, avant cela même: depuis la veille au soir, quand marraine m'avait annoncé que nous commencerions aujourd'hui nos séances de piano.

Il avait été convenu, d'après le nouveau programme, que je me remettrais sans plus tarder aux arts d'agréments, trop longtemps négligés. Hum! je n'avais pas montré grand enthousiasme, mais ce n'était rien encore. Le pire, c'est qu'il me fallait renoncer à ma liberté du matin : l'heure du facteur et du fromage mou, l'heure où tout est encore fermé chez tante Julie, le temps des confidences et des complots avec Pierre, le meilleur temps de la journée enfin.

Je sais bien que je n'avais aucun droit à cette récréation supplémentaire, que c'était une heure perdue et qui pouvait être utilement employée; la preuve, c'est que marraine a trouvé du premier coup son emploi, mais je m'étais fait une si douce habitude de la perdre!

Au premier mot de la nouvelle, Pierre a jeté les hauts cris; mais comment se révolter ouvertement? C'est marraine qui le veut.

Donc ce matin, pendant que Pierre, assez maussade de son côté, faisait tout seul sa première visite au jardin et à la ferme, je me perchai sur le tabouret grinçant devant le piano, pour reprendre, après trois mois de silence, au point où je les avait laissés, les exercices de Czerny et les bonnes traditions du pianiste. Quel supplice, cette première leçon! Mes pauvres doigts, raides et lourds, ne savaient plus où se poser; et puis tout le temps je pensais à Pierre et au déjeuner de mes poules, et j'oubliais les dièses et les bémols.

Marraine ne disait mot; elle se tenait près de moi, la tête droite et les lèvres serrées, en personne qui a résolu d'endurer patiemment son martyre, et que rien ne fera bouger avant l'heure écoulée.

Cependant après un quart d'heure d'exercices je laissai retomber, d'un air épuisé, mes bras sur mes genoux, et, détournant la tête :

« Je ne peux plus! » murmurai-je d'un ton boudeur.

Marraine, très calme, ferma le cahier.

« C'est assez pour aujourd'hui, dit-elle doucement; vos doigts se sont rouillés, voilà pourquoi vous vous fatiguez si vite; dans quelques jours cela ira mieux. »

J'avais honte déjà de ma mauvaise humeur.

Pauvre marraine ! je la plaignais, je l'admirais, et, encore une fois pour mon malheur, je la comparai à Marie.

Après quelques minutes de repos, il fallut recommencer, et ce fut bien autre chose. Je ne savais plus une seule note des bonnes traditions, et c'était à fuir de l'autre côté du bois; marraine pourtant restait droite et ferme, battant la mesure et m'aidant de son mieux, sans donner signe d'impatience, tandis que moi je commençais à trépigner.

Enfin, n'y tenant plus, je me retournai si brusquement, que le vieux tabouret grinça comme une girouette.

« Comment pouvez-vous endurer cela, marraine ? m'écriai-je hors de moi, pourquoi ne me giflez-vous pas ?

— Chut ! fit marraine d'un air choqué ; d'abord ce n'est pas votre faute si vous avez oublié tout cela, et ensuite je n'aime la violence ni dans le langage ni dans les manières. »

Mais j'étais trop exaspérée pour tenir compte du reproche. Je criais tout haut ce qui me tenait tant au cœur, ce que je pensais tout bas depuis si longtemps. Et me voilà repartie de plus belle :

« C'est la faute de Marie ! Je n'aurais pas toute cette peine aujourd'hui, et vous cette corvée, si elle m'avait continué ses leçons...

Voyez-vous, marraine, j'en suis sûre, Marie ira au purgatoire! »

Marraine leva la main pour me faire taire :

« Ma petite Thérèse, ne dites pas des choses pareilles, c'est affreux! »

Alors baissant la voix :

« Oh! je ne le souhaite pas, repris-je un peu plus calme, et même cela me fait beaucoup de peine d'y penser; mais elle ira, marraine, parce qu'elle le mérite : elle est trop égoïste! »

Là-dessus, voyant marraine se lever précipitamment, je me retournai, toute surprise, pour me trouver face à face avec ma pauvre Marie.

Marraine avait déjà pris sa main et me l'amenait.

En la voyant devant moi, si rouge, l'air embarrassé et en même temps si chagrin, je fus prise tout à coup d'un grand remords, et, pleurant comme une Madeleine, je me précipitai à son cou.

« Marie! je ne voulais pas te faire de peine..., je... je ne sais pas ce que j'ai dans la tête ce matin, je suis très méchante!... Embrasse-moi! »

Je l'embrassais moi-même de toutes mes forces pour lui demander pardon, serrant mes bras autour d'elle pour l'empêcher de me repousser, comme elle l'avait fait le jour de mon accident.

Mais elle ne l'essayait pas, au contraire; elle pleurait elle-même, et ce fut marraine qui me fit lâcher prise.

« Voyons, dit-elle, ne l'étranglez pas maintenant, le remède serait pire que le mal. »

Puis, s'adressant à Marie :

« Embrassez-la, dit-elle; entre sœurs c'est si facile de se pardonner! »

Marie m'embrassa sans rancune, et, sa générosité redoublant mes remords, je recommençais à m'accuser plus sévèrement que jamais, quand elle m'arrêta, et secouant la tête avec un petit air d'humilité qui me fit de la peine :

« Non, non, murmura-t-elle, je me suis déjà fait moi-même de grands reproches depuis... »

Comme moi elle se remettait à pleurer et pouvait à peine parler; marraine, qui l'avait attirée contre elle pour la consoler, essaya de lui fermer la bouche, mais elle voulut continuer malgré tout.

« Depuis que vous êtes ici, reprit-elle à son oreille, depuis que je vous connais..., que je vous ai vue si bonne pour nous tous! »

Elle parlait très bas, mais j'entendais tout, étant moi-même, en ce moment, pendue à l'autre bras de marraine.

Pauvre marraine, quelle patience! Elle nous contempla un instant, toutes défigurées par les larmes, nous embrassa, elle aussi, l'une après l'autre, puis nous entraînant devant la glace :

« Voyez le joli groupe, dit-elle : deux sources intarissables inclinées sur une statue quelconque ! Un beau projet de fontaine pour une place ou un square. »

Ce ton gai et moqueur calma notre émotion ; marraine y comptait bien sans doute. Je me redressai, riant malgré moi, et je vis Marie sécher ses yeux ; mais ses lèvres tremblaient encore, elle n'était pas consolée.

Marraine l'installa sur le canapé, s'assit tout à côté, et, me prenant sur ses genoux :

« Là, dit-elle, ne pleurez plus et expliquons-nous toutes les trois en bonnes amies. Thérèse regrette beaucoup de vous avoir fait de la peine, oublions donc ce qu'elle a dit ; mais vous-même, Marie, que vous reprochez-vous avec tant de chagrin ?

— Oh ! bien des choses, dit Marie en soupirant. Depuis la maladie de tante Julie, et avant même, j'aurais dû faire tout ce que vous faites maintenant pour Maurice, pour les leçons de Thérèse ; les surveiller tous, tâcher que tout soit en règle dans la maison pour éviter les ennuis ; être complaisante pour eux enfin, et les aider quand ils étaient si négligés, les pauvres petits !... »

Marraine écoutait, non pas d'un air sévère,

mais en approuvant chaque mot d'un signe de tête, si bien que Marie semblait reprendre courage de plus en plus, à mesure qu'elle avançait dans sa confession.

« Très bien, dit enfin marraine; voilà, parfaitement compris, le rôle d'une bonne sœur aînée. »

Marie baissa la tête, et rougissant :

« Mais je n'ai pas su le remplir, murmura-t-elle.

— Il n'est jamais trop tard pour bien faire, dit marraine d'un ton consolant; voulez-vous réparer le temps perdu? »

Marie la regarda, étonnée :

« Comment? balbutia-t-elle, vous savez bien mieux que moi..., et maintenant c'est vous qui... »

Marraine l'interrompit :

« Voulez-vous dire, s'écria-t-elle en riant, que j'ai pris votre place et qu'il ne vous reste plus rien à faire? Rassurez-vous; il y a ici de la peine pour deux. Si vous voulez m'aider, j'en serai bien aise, et tout n'en ira que mieux dans le présent et l'avenir. D'ailleurs... »

Je m'étais levée vivement :

« L'avenir! m'écriai-je, c'est le retour de papa, n'est-ce pas, marraine? Vous voulez qu'il nous retrouve tous corrigés et bien élevés. C'est mon rêve! »

Déjà marraine ne riait plus; elle avait pris tout à coup, comme cela lui arrive souvent, son air grave et réfléchi; elle me regarda un instant, mais sans me répondre, puis se tournant vers Marie :

« Ne croyez pas que je puisse vous remplacer, dit-elle sérieusement; personne ne peut tenir votre place : vous êtes la fille aînée, la sœur aînée. C'est sur vous que votre père doit compter pour lui et les enfants; vous seule pourrez, à son retour, lui rendre la maison agréable et lui éviter tous les petits soucis du ménage. Comment le ferez-vous si vous ne savez pas vous oublier un peu pour les vôtres? »

Les larmes de Marie, un instant refoulées, remontaient dans ses yeux; la pauvre source n'était pas tarie.

« Justement! dit-elle, la voix tremblante, c'est ce que je voudrais, et, jusqu'à présent... Thérèse a raison, j'ai été une égoïste.

— Marie, tais-toi, je me trompais; tu n'es pas égoïste puisque... puisque tu le comprends si bien, et que tu ne veux plus l'être. Seulement... »

J'hésitai un moment, cherchant pour elle de bonnes excuses.

« Seulement tu te levais trop tard, et puis tu perdais trop de temps à ton piano et à ta peinture, voilà tout! Et d'ailleurs à quoi bon te tourmenter? Tu n'aurais jamais rien pu faire de nous. »

Enchantée de cette dernière excuse, la meilleure de toutes selon moi, je me redressai, jugeant la question vidée. Mais non, en m'écoutant, marraine avait perdu toute sa gravité; et, sur cette conclusion, Marie elle-même éclata de rire tout à coup derrière son mouchoir.

Elles n'étaient pas convaincues, paraît-il; mais nous devenions plus gaies, c'était au moins cela de gagné.

Marraine me fit voir alors comment mes fameuses excuses devenaient, contre mon intention, de nouvelles charges.

Il n'est pas dans ses habitudes de faire de grands sermons; mais elle sait en dire assez pour être toujours bien comprise et vous faire rentrer en vous-même.

Son discours n'est pas difficile à résumer :

« 1° Quand on est sœur aînée, avec des devoirs à remplir, on n'a pas le droit de dorloter tous les matins sa chère petite paresse. Qui doit s'occuper du lever de Maurice, sinon sa grande sœur? Marie en trouverait le temps, si elle se levait seulement une demi-heure plus tôt. »

C'est ce qu'elle fera désormais, elle s'y est engagée,

2° Le temps consacré aux arts d'agrément n'est pas du temps « perdu » comme certaine personne voudrait l'insinuer. (Attrape, Thérèse!) Il est, au contraire, du devoir des enfants de travailler à acquérir des talents qui procureront un jour de grandes jouissances, non seulement à eux-mêmes, mais encore à ceux qui les entourent. (Je n'ai qu'à m'incliner.) Mais...

L'excès en tout est un défaut.

(Marraine n'a pas cité textuellement le proverbe, mais il résume bien ce qu'elle a dit.)

« Mais... donc, tout doit être fait avec ordre et mesure; et, dans une vie bien réglée, les arts d'agrément ne passent qu'après les devoirs sérieux et les travaux utiles. Ainsi, quand on serait plus musicien que les trois pianos du Petit-Gué, si on a, le matin, sa chambre à ranger, un petit frère à débarbouiller, et une sœur à aider, on doit d'abord ranger sa chambre, débarbouiller ce petit frère et aider cette pauvre sœur, que cela vous amuse ou non. Alors seulement on pourra attaquer sa grande sonate, la tête haute et la conscience nette. »

Voilà ce que marraine a expliqué, bien mieux que moi, avec toutes sortes de bons petits conseils pratiques que Marie a promis de suivre.

Elle se charge de Maurice, et il ne sera plus négligé; elle lui consacrera toutes ses matinées, et veut être pour lui une bonne petite maman.

Pendant ce temps-là je « jouirai » sans conteste du vieux piano, et marraine n'aura

J'eus à mon tour mon petit sermon.

plus besoin de descendre dès l'aurore pour me donner ma leçon; je roulerai mes gammes toute seule en l'attendant. Marie travaillera à son tour sa musique, sa peinture et tout ce qu'elle voudra dans la journée, mais seulement quand toutes les choses utiles seront faites, et elle compte en faire beaucoup.

Il a été question de linge à visiter, à raccommoder, de leçons de couture, etc. Pourvu que notre zèle à tous se soutienne, la vieille Pétaudière sera d'ici peu une maison modèle.

Pourquoi pas? Marraine est là pour encourager et relever les faibles.

Avant la fin de la séance j'eus à mon tour, en manière de parenthèse, mon petit sermon, et comme le dit Pierre, à qui je racontais cette scène : « Je ne l'avais pas volé ! »

Marraine me reprocha d'être trop sévère dans mes jugements.

« Avant de condamner les autres, me dit-elle, cherchez bien s'il n'est pas quelque bonne excuse à faire valoir en leur faveur; neuf fois sur dix vous en trouverez une suffisante, et cela vous portera tout de suite à l'indulgence. »

Et alors elle-même sut trouver la meilleure, la vraie excuse de Marie :

« La tâche était très difficile pour vous, ma pauvre petite, dit-elle en l'embrassant, car vous étiez bien jeune, et puis c'est au moment où elle devenait plus lourde encore que vous avez manqué de direction. Aussi vous sera-t-il beaucoup pardonné. Maintenant vous saurez faire oublier le passé. Vous comprenez bien, n'est-ce pas, que je ne suis pas ici pour vous remplacer, mais seulement pour vous aider et vous guider. C'est là mon rôle, et, à nous deux, vous verrez, nous allons faire des merveilles! »

J'avais repris ma place sur les genoux de marraine, et je pensais à l'ancien temps.

« Direction! » C'est le mot qui nous faisait si peur, l'idée qui nous révoltait d'avance. Comme nous avions tort, et comme je comprends bien aujourd'hui ce que je ne faisais que sentir vaguement autrefois! Qu'il est bon, en effet, de ne plus faire de sottises, d'avoir quelqu'un qu sait vous montrer vos défauts, qui s'intéresse à vous et vous aime!

« A quoi pensez-vous? » me demanda soudainement marraine.

Je n'osai pas le lui dire; mais, l'embrassant très fort, je répondis seulement :

«Je suis bien contente que vous soyez venue! »

24 mars.

Hier, triomphe sur toute la ligne!

Tante Marguerite est venue passer la journée avec nous sans s'annoncer, selon son habitude, et la réception, cette fois, a été princière ni plus ni moins.

Nous l'attendions si peu, qu'elle est venue

nous surprendre dans nos chambres, où nous faisions nos devoirs.

Elle avait tout vu d'un coup d'œil, en passant : la banquette libre, les parquets brillants, le salon en ordre et sans poussière, des fleurs fraîches dans tous les cache-pots (Pierre n'y oublie plus ses cravates), les rideaux bien tirés, nos chambres enfin bien rangées, et nous-mêmes nets et propres, vivant au milieu de tout cela d'un air naturel, comme tout le monde.

Léonard circulait sans plumeau, le maintien digne et composé, plein de calme et d'assurance.

Mme d'Aubenel était arrivée. Eh bien! il mettrait un couvert de plus, voilà tout, et le déjeuner serait servi comme à l'ordinaire : déjà Françoise avait décidé le menu avec Mlle Hévin.

C'est égal, tante Marguerite a dû croire tout le temps qu'elle rêvait!

Par exemple, pour ce qui est de nos chambres, nous l'échappions belle! Il y a deux jours encore, Mme l'inspectrice, y étant tombée inopinément, les avait retrouvées à l'état de capharnaüm, tout comme le jour de sa première revue; nous avions été rappelés au beau milieu de la récréation et condamnés à remettre chaque chose à sa place respective. C'est que (Pierre avait raison) il est plus difficile qu'on ne croit de déraciner une mauvaise habitude, et si chaque délit contre l'ordre avait été puni de mort, comme le demandait ce grand fou dans son zèle, nous aurions subi pas mal de fois déjà, lui et moi, la peine capitale.

Mais, tout en étant la douceur même, marraine se montre ferme comme un roc pour tout ce qui regarde le règlement et les programmes, et il faudra bien que toutes les mauvaises racines soient arrachées à la fin.

Quand Mélanie vient faire sa tournée de ce côté de la tourelle, elle ne peut s'empêcher d'ouvrir de grands yeux, et si elle ne dit rien, ce qui est déjà un progrès, on voit qu'elle n'en pense pas moins, qu'elle est plus qu'étonnée de tout ce qui se passe ici, et du commencement de conversion des diables déchaînés.

En partant, tante Marguerite nous a promis de raconter à papa les merveilles de la Jeannière. Nous lui avons déjà beaucoup parlé de marraine, mais que les lettres sont longues à arriver ! Il n'a pu la remercier encore que par une dépêche.

Comme il doit être content, notre pauvre papa, de nous savoir en si bonnes mains, et comme il sera content aussi de nous voir si changés ! car nous le serons, c'est impossible autrement.

Depuis que Pierre n'est plus constamment

exaspéré par les duretés de Mélanie, son caractère devient bien meilleur. Une seule fois l'autre jour, il a été repris d'un de ses anciens accès de colère, et dont j'ai eu bien peur; mais cela n'a pas duré. Marraine lui a parlé si doucement et lui a fait une si jolie petite morale, qu'il est redevenu, presque tout de suite, doux comme un mouton, et qu'il lui a promis d'essayer sérieusement de ne plus s'emporter comme cela à tort et à travers.

Me voilà donc tout à fait rassurée à son égard; marraine l'aime tout de même, et elle veut bien croire à sa promesse.

Il y a pourtant, là aussi, de fortes racines, mais enfin !... Je ne veux pas oublier le reproche de marraine, et j'aime mieux croire, comme elle, qu'il tiendra sa parole que de le juger sur le passé.

3 avril.

Ce matin, comme je revenais de la ferme, j'ai aperçu le docteur sortant de chez tante Julie, et j'ai couru après lui :

« Comment va ma tante, docteur? »

Il ne m'avait jamais accordé la permission

tant de fois demandée ; mais, cette fois, à ma question, il répondit en souriant :

« Beaucoup mieux, et je lève la consigne ; seulement rappelez-vous bien que sa tête est toujours très faible ; ne lui parlez pas trop, il ne faut pas la fatiguer. »

Pauvre tante Julie ! j'avais envie de pleurer, tant j'étais contente. N'osant pas entrer toute seule cependant, j'allai bien vite trouver marraine, et elle partit aussitôt en ambassade, pour annoncer notre visite à Mélanie.

Mélanie nous tolérerait-elle auprès de sa malade ? Voilà ce que je me demandais avec une certaine inquiétude. Mais quelle surprise agréable ! Elle-même vint nous chercher pour nous introduire tous trois, car Pierre voulut absolument en être, dans la chambre de tante Julie.

Cette première visite ne fut pas gaie. Comme elle était changée : si pâle, si faible ! Elle sourit en nous embrassant ; mais elle parla à peine, et nous-mêmes, nous rappelant la recommandation du docteur, nous osions à peine bouger, tant nous craignions de faire du bruit et de la fatiguer.

Au bout d'un instant Mélanie nous fit sortir, mais poliment, avec des façons tout à fait différentes de ce qu'elles étaient autrefois. Elle ne nous déteste plus autant sans doute, maintenant qu'elle est débarrassée de nous, ou bien... Oui, je serai tout à fait franche : ou bien elle nous trouve un peu moins insupportables déjà, elle voit que nous essayons de redevenir « plus gentils », comme disait Léonard, et elle nous en sait gré. Cette pauvre Mélanie ! après tout, nous lui avons fait passer de durs moments, et elle avait peut-être un peu le droit de nous en vouloir.

Marraine dit qu'elle soigne sa malade avec une réelle affection, et que nous pouvons bien lui passer quelques aspérités de caractère en considération de son dévouement à notre tante.

J'y suis toute disposée, et, avec le temps, nous y amènerons aussi Pierre.

En attendant, nous voilà déjà en meilleurs termes avec elle ; et Mélanie, qui voit le train des choses à la Jeannière, est presque aussi enthousiaste de « Mlle Hévin » que le brave Léonard lui-même. Tout marchant si bien, elle se dispense volontiers de s'occuper de nous, même de loin en loin, pour se consacrer plus complètement à sa maîtresse, et nous y gagnons tous.

Qui sait pourtant ?... Peut-être ai-je été, pour elle aussi, trop sévère dans mes jugements.

Quoi qu'il en soit, elle n'est certes pas la moins « domptée » de tous.

12 avril.

Tante Julie a fait hier sa première promenade dans son jardin, qu'elle aimait tant. Marraine a fait venir pour elle une petite voiture d'infirme, légère et confortable, et Pierre s'est offert tout de suite à être son cheval. Il aurait bien aimé y atteler Biquet, mais tante Julie aurait eu peur, et c'est plus prudent de ne pas risquer des inventions trop lumineuses ; exemple : notre fameux traîneau.

M. Lion a daigné se joindre au cortège, mais il avait l'air grognon d'un vieux maniaque dont on dérange les habitudes ; heureusement que cette promenade sera, d'ici peu, passée aussi à l'état d'habitude, et alors je pense qu'il en jouira mieux.

Nous avons tous, à tour de rôle, poussé et traîné la voiture, et il est convenu que tous les jours nous irons chercher tante Julie pour la promener nous-mêmes, la distraire de notre mieux et faire enfin tout ce que nous pourrons pour rendre sa nouvelle existence aussi douce que possible.

Chère tante Julie, les soins et les attentions de ses « diables » lui font plaisir, c'est visible. Je crois bien qu'elle nous a toujours aimés un peu, car elle était bonne pour nous, même à l'époque troublée de l'ancienne pétaudière, et j'espère qu'elle a oublié nos méfaits d'autrefois, comme nous oublions nous-mêmes, dans le grand bonheur présent, les petites misères passées.

. . . .
. . . .
. . . .

15 octobre.

Je retrouve mon journal sous un fatras de vieux cahiers où il est resté oublié, dans l'ombre et la poussière, depuis près de six mois. Mes heures sont trop bien employées maintenant pour que je puisse songer à les perdre en griffonnages inutiles. Pourtant si je renonce à le continuer, je veux au moins conserver ce fidèle témoin d'un temps qui ne peut revenir.

Mon vieux confident, c'est fini, vois-tu : plus de lamentations, plus de larmes d'encre ! Nous sommes loin de tout cela.

Ah ! marraine, marraine, comme je vous aime ! J'avais bien raison de le croire, et maintenant, grâce à vous, je peux le redire à Pierre en toute certitude : Les enfants bien élevés sont les plus heureux !

FIN

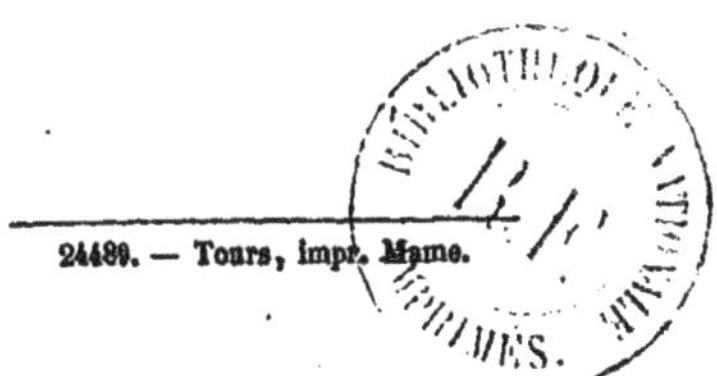

24489. — Tours, impr. Mame.

www.ingramcontent.com/pod-product-compliance
Ingram Content Group UK Ltd.
Pitfield, Milton Keynes, MK11 3LW, UK
UKHW021049230726
13926UKWH00004B/1735